LES CHEVALIERS DU BROUILLARD

DRAME A GRAND SPECTACLE, EN CINQ ACTES ET DIX TABLEAUX

PAR

MM. A. DENNERY ET E. BOURGET

Musique de M. AMÉDÉE ARTUS; ballet de M. HONORÉ; décors de MM. CAMBON, THIERRY, CHÉRET et POISSON

Machines de M. CARON

REPRÉSENTÉ POUR LA PREMIÈRE FOIS, A PARIS, SUR LE THÉATRE DE LA PORTE-SAINT-MARTIN, LE 10 JUILLET 1857.

DISTRIBUTION DE LA PIÈCE

MISTRESS SHEPPARD.	Mmes ÉMILIE GUYON.	WILLIAM HOGARTH, peintre		M. DEPROVER
JACK SHEPPARD.	MARIE LAURENT.	DAVIES.		
GEORGES Iᵉʳ.	MM. CHÉRY.	CÉCILY.	Mmes DESHAYES.	
LORD ROWLAND MONTAIGU.	LUGUET.	MISTRESS WOOD.		THIBAUT.
WOOD, maître menuisier et constable.	DESHAYES.	UN GEOLIER		MM. TOUROUL.
DARREL	DESRIEUX.	UN MATELOT		
TAMISE		UN HÉRAULT		ERNEST.
SIR ÉDOUARD MORTON.	MOLINA.	UN OFFICIER DE JUSTICE		
BLUSKINE	BOUTIN.	UN PORTEFAIX.		BESOMBI
JONATHAN WILD	VERDELLET.	DEUX PETITS ENFANTS.		
FIGG	SCHEY.			
BOB KETTLEBY	MARCHAND.			
QUATRE-JAMBES	MERCIER.			
QUATRE-MAINS	LANSOY.			

Chevaliers du brouillard.

Corps de ballet, Chevaliers du brouillard, Serviteurs, Policemen Servantes de taverne, Voyageurs, Femmes et Enfants dans la Vieille-Monnaie, Gardiens de la prison, Peuple, Soldats.

ACTE I

Premier Tableau

LA MAISON DU PENDU

Le théâtre représente une chambre de la demeure de mistress Sheppard, au rez-de-chaussée. Porte au fond. A droite, un escalier apparent qui monte à l'étage supérieur; du même côté, une porte donnant sur une allée; à gauche, au deuxième plan, une porte qui donne dans la chambre de mistress Sheppard; sur le devant, une vieille table avec un vieux fauteuil; sur la table, une lampe allumée.

SCÈNE PREMIÈRE

MISTRESS SHEPPARD, LE PETIT JACK.

(L'enfant, âgé de trois ou quatre ans, est endormi sur les genoux de sa mère.)

MISTRESS SHEPPARD, assise près de la table.

Tu dors, pauvre enfant! ton père dort aussi, lui... Il dort d'un sommeil plus profond... d'un sommeil qui dure depuis un an... quinze mars... C'est aujourd'hui l'anniversaire... Oui, il y a un an que ses yeux se sont fermés pour ne plus se rouvrir... Peut-être vaudrait-il mieux pour toi, pauvre petit Jack, que ton sommeil fût éternel comme le sien !...Mon

Dieu! une mère qui souhaite la mort de son enfant!... Mais quelle destinée lui est réservée? quelle place les hommes lui feront-ils dans ce monde?... Il est le fils d'un condamné!!... mon cher petit enfant!... Ah! si les larmes pouvaient laver une pareille flétrissure, comme tu serais purifié par toutes celles que j'ai versées... (Elle embrasse son enfant. On entend frapper à la porte du fond.) Qui peut venir chez moi?... Entrez!

(Elle se lève.)

SCÈNE II

LES MÊMES, WOOD, puis BLUSKINE.

WOOD, entrant.

Bonjour, mistress Sheppard, bonjour.

MISTRESS SHEPPARD, déposant l'enfant sur le fauteuil.

Votre servante, monsieur Wood. Qui vous amène dans la maison de la pauvre veuve?...

WOOD.

Je vous ai vue passer, hier, devant ma porte, ma chère mistress Sheppard... vous paraissiez bien pâle, bien souffrante, et... comme j'avais affaire aujourd'hui dans votre quartier... je... j'ai voulu... je suis entré... par hasard...

MISTRESS SHEPPARD.

Par hasard?... Non, monsieur Wood, non, ce n'est pas par hasard qu'un brave et honnête homme comme vous pénètre dans le quartier de la Vieille-Monnaie.

WOOD.

Un vilain quartier, c'est vrai... l'asile des banqueroutiers, des escrocs de toutes sortes... la demeure des bohémiens et des bandits... des chevaliers du brouillard, enfin, comme le peuple de Londres les appelle. Tous ces gens-là ont ici leurs privilèges, que nul ne peut enfreindre. Ils pendraient les shérifs et les baillis de Londres s'ils osaient s'y aventurer... il faut de graves motifs pour qu'un honnête homme se décide à y mettre le pied...

MISTRESS SHEPPARD.

De graves motifs, vous en convenez...

WOOD.

Des affaires importantes.

MISTRESS SHEPPARD.

Ou bien une bonne action... Allons, parlez, monsieur Wood, je suis trop malheureuse pour qu'il soit besoin de prendre tant de ménagements avec moi.

WOOD.

Eh bien, mistress Sheppard, il y a aujourd'hui un an que votre mari...

(On frappe de nouveau à la porte.)

MISTRESS SHEPPARD.

Encore...

WOOD, allant à droite.

Il paraît que c'est le jour aux visites...

MISTRESS SHEPPARD.

Entrez!

BLUSKINE, passant la tête par la porte.

Bonjour, la veuve Sheppard.

MISTRESS SHEPPARD.

Bluskine!

WOOD.

Bluskine... Je connais ce nom-là!... le plus grand bandit de la Vieille-Monnaie!

BLUSKINE, avançant.

Votre serviteur, mistress Sheppard... Tiens... bonjour, monsieur Wood.

WOOD.

Vous me connaissez... vous!

BLUSKINE.

Si je vous connais?... Parbleu! vous demeurez dans Wych-street. Votre atelier de menuiserie est au-dessous de votre chambre à coucher.

WOOD.

C'est vrai.

BLUSKINE.

Dans cette chambre, à gauche, il y a un petit bahut; c'est là que madame Wood serre ses bijoux.

WOOD.

Ah! mon Dieu!

BLUSKINE.

A côté, est la salle à manger; l'armoire se trouve à droite; c'est là que sont les couverts d'argent...

WOOD.

Ah! Seigneur!

BLUSKINE.

A l'autre bout, votre petit salon, avec un bureau à secret qu'on fait jouer en levant d'une main et en poussant du genou; l'argent est dans le troisième tiroir...

WOOD.

Miséricorde!

BLUSKINE.

Nous avons payé les ouvriers hier... il doit s'y trouver, aujourd'hui, de deux cent cinquante à trois cents shellings... Eh bien, mon petit père Wood, croyez-vous que je vous connaisse?

WOOD.

Trop, monsieur!... beaucoup trop! (Il passe au milieu en remontant vers le fond.) Ah! mais je rentre chez moi... je vais changer toutes ces dispositions.

BLUSKINE.

C'est une bonne précaution... Vous ferez comme tous ces spirituels bourgeois, vous mettrez les bijoux entre vos matelas, vous cacherez l'argenterie sous le bahut, vous envelopperez votre argent dans de vieux chiffons, et vous fourrerez ça dans le bas d'une armoire.

WOOD, stupéfait.

C'était mon intention.

BLUSKINE.

Parbleu!...

WOOD.

Mais où cacher tout ça, alors?

BLUSKINE.

Nous en conviendrons ensemble, voulez-vous?

WOOD.

Ensemble! allons donc!

BLUSKINE.

A votre aise... Ma délicatesse se serait trouvée engagée, maintenant... elle ne l'est plus.

WOOD.

Miséricorde! mais je suis perdu...

MISTRESS SHEPPARD, passant au milieu.

Qui vous amène ici, monsieur Bluskine?...

BLUSKINE.

Je viens en ambassadeur.

MISTRESS SHEPPARD.

Que signifie?...

BLUSKINE.

Je représente le quartier de la Vieille-Monnaie... Tous nos amis sont là... ils sollicitent l'honneur de vous rendre visite.

MISTRESS SHEPPARD.

A moi! Non, non, je ne veux pas, je ne veux voir personne.

BLUSKINE.

Prenez garde, mistress Sheppard, ils viennent avec d'honnêtes intentions, et vous auriez tort, dans l'intérêt du petit, de vous faire autant d'ennemis à la fois.

WOOD.

Soyez prudente, sachez ce qu'ils veulent.

BLUSKINE.

A la bonne heure, le papa Wood est raisonnable, lui... (Allant à la porte.) Entrez, mes amis, entrez.

SCÈNE III

LES MÊMES, KETTLEBY, QUATRE-MAINS, QUATRE-JAMBES et les GENS DE LA VIEILLE-MONNAIE.

WOOD, sur le devant, à gauche.

Ah! Seigneur! quelles atroces figures!...

MISTRESS SHEPPARD.

Voyons, saurai-je enfin ce qu'on me veut?

KETTLEBY.

Vous allez l'apprendre. Veuve Sheppard, me connaissez-vous?

MISTRESS SHEPPARD.

Non.

KETTLEBY.

Je me nomme Bob Kettleby.

WOOD.

Le roi de la Vieille-Monnaie!

KETTLEBY.

Et je viens, avec mes principaux sujets, honorer d'une visite la veuve de l'un des nôtres, mon prédécesseur.

(Tous saluent.)

MISTRESS SHEPPARD.

L'un des leurs! Oui... ils l'ont entraîné, perdu!...

BLUSKINE.

Or, c'est aujourd'hui l'anniversaire de la mort du brave
Sheppard; nous nous sommes rappelé qu'il avait laissé un
petit, et nous venons vous dire qu'à dater d'aujourd'hui,
nous sommes ses amis, ses soutiens, ses protecteurs; nous
le guiderons dans le sentier difficile de la vie, et nous le con-
duirons...

WOOD, avec indignation.

Où vous avez conduit son père, n'est-ce pas? à Tyburn! à
la potence!

(Mouvement des Chevaliers.)

MISTRESS SHEPPARD.

Oui, il dit vrai... à Tyburn. C'était d'abord un brave et
courageux ouvrier que mon pauvre mari; mais, un jour, un
homme est venu qui se disait son ami : il l'a entraîné dans la
paresse et la débauche comme il voulait m'entraîner, moi, dans
la honte!... et comme je repoussais avec horreur son lâche et
méprisable amour... il s'est vengé sur nous tous. Il avait plongé
Tom Sheppard dans le vice, il l'a précipité dans le crime, et
il a fait de moi une veuve et de mon enfant un orphelin.

WOOD, aux Chevaliers.

C'était un misérable! un infâme scélérat que votre compagnon!...

TOUS, avec colère.

Hein?

KETTLEBY.

Silence, vous autres; c'est monsieur Wood.

WOOD.

Encore un qui me connaît...

KETTLEBY.

C'est l'ancien patron du défunt... qui n'a jamais eu à se
plaindre de lui. Continue, Bluskine.

BLUSKINE.

Pour lors, mistress Sheppard, vu le douloureux anniversaire, et comme gage de notre amitié, nous apportons à
l'enfant ce petit bonnet d'honneur et ce manteau pour le
présent... pour plus tard, quand il apprendra à lire, ce petit
volume, qui renferme les faits et gestes des principaux chevaliers du brouillard... leur vie remplie d'aventures diverses.

(Il remet le tout à un homme qui le dépose sur la table.)

WOOD.

Et leur mort... qui est toujours la même...

BLUSKINE.

Enfin, quand il sera plus grand, nous nous chargerons de
compléter son éducation... Voilà ceux qui vous éviteront les
frais de collége.

QUATRE-MAINS, s'avançant.

Moi, Quatre-Mains, ainsi nommé à cause de la dextérité des
deux ici présentes, je jure d'en faire le plus adroit compagnon de la Vieille-Monnaie.

QUATRE-JAMBES, de même, en faisant pirouetter Quatre-Mains.

Et moi, Quatre-Jambes, j'exercerai si bien les siennes, que
nul ne pourra le suivre quand, ayant travaillé dans Londres,
il voudra rapporter dans notre inviolable asile le produit de
son travail.

BLUSKINE.

Vous le voyez, mistress Sheppard, nous voilà comme dans
les vieux contes où les fées et les magiciens apportent chacun
un cadeau à leur petit filleul... Jack Sheppard, tu es notre
filleul à tous.

MISTRESS SHEPPARD, jetant les effets à terre.

Assez, assez!... emportez tout cela.

TOUS.

Comment!...

MISTRESS SHEPPARD.

Reprenez, vous dis-je... Nous sommes bien misérables, j'ai
souvent ressenti les tortures de la faim, mais je ne veux rien
de vous.

TOUS.

Ah !

WOOD, bas, au milieu, ramassant les effets.

Prenez garde, mistress Sheppard, ne les irritez pas...
seraient autant de dangereux ennemis.

MISTRESS SHEPPARD.

Que m'importe!

WOOD, bas.

Songez à lui!

(Il montre l'enfant.)

MISTRESS SHEPPARD.

A lui...

WOOD, haut.

Allons, mistress Sheppard, calmez-vous... Si l'enfant est le
filleul de ces honnêtes gentlemen, il sera aussi le mien...
(A tous.) Messieurs, avez-vous fait tous vos présents?

BLUSKINE.

Non pas... voilà le meilleur, le plus important...

(Il sort de sa poche une espèce de sifflet.)

MISTRESS SHEPPARD.

Qu'est-ce que cela?

BLUSKINE, montrant le sifflet et allant le mettre sur la table.

C'est un talisman, c'est la sauvegarde de nos priviléges,
c'est le salut du chevalier du brouillard... Si jamais on tentait
d'arrêter votre fils, une fois qu'il aurait mis le pied dans la
Monnaie... si jamais on franchissait, en lui donnant la chasse,
le seuil de notre respectable quartier... un coup de ce sifflet
magique suffirait pour faire accourir à son aide des milliers
de bons compagnons, tous prêts à se faire écharper pour
défendre, ou à écharper ses ennemis pour le venger...

(Il revient vers les autres Chevaliers.)

TOUS.

Bravo! bravo! oui, tous!

KETTLEBY.

Bien parlé, Bluskine.

WOOD.

Vous avez fini, n'est-ce pas?

TOUS.

Oui, oui!

WOOD.

Eh bien, moi aussi, mistress Sheppard, je venais ici à
cause de votre triste anniversaire... moi aussi je veux faire
quelque chose pour ce pauvre petit orphelin; je veux lui
venir en aide dans le présent et dans l'avenir... Pour aujour-
d'hui, mistress Sheppard, voilà de quoi subvenir aux premiers besoins; (il donne sa bourse, puis un petit paquet) voilà aussi du
linge, des petites chemises et des petits bas qui ne viennent pas
d'une source impure.

TOUS, murmurant.

Ah!...

WOOD.

Ce sont les vêtements d'un petit enfant que nous avons
perdu... ma femme vous les envoie... L'enfant est au ciel...
c'est maintenant un petit ange; il veillera sur votre fils,
mistress Sheppard.

MISTRESS SHEPPARD.

Merci, monsieur Wood, merci.

WOOD.

Pour plus tard, j'offre d'être son protecteur aussi, moi;
je serai son patron, je le prendrai comme apprenti dans mon
atelier, et quand il commencera à lire, au lieu de lui mettre
dans les mains les faits et gestes des principaux filous de la
Vieille-Monnaie, donnez-lui ce livre de prières, mistress
Sheppard; ça ne l'égayera peut-être pas autant, ça le fera
peut-être un peu pleurer au lieu de le faire rire, mais ça lui
gagnera le paradis au lieu de la potence.

BLUSKINE.

C'est très-touchant, père Wood, très-touchant, ce que vous
avez dit là... Le petit choisira, et je suis tranquille.

(On entend résonner le sifflet des Chevaliers.)

KETTLEBY.

Alerte!... c'est le sifflet d'un camarade... viole-t-on nos priviléges?

TOUS.

Alerte! alerte!

(Ils courent vers la porte.)

SCÈNE IV

LES MÊMES, JONATHAN WILD, AVEC QUELQUES BANDITS.

JONATHAN.

Holà! vous autres!

MISTRESS SHEPPARD, avec horreur.

Jonathan Wild!

JONATHAN.

Aux bâtons et aux cordes! Un homme est entré, en fuyant, dans notre enceinte, poursuivi par d'autres; ce doivent être des gens du shérif.

TOUS.

Aux cordes! aux bâtons!...

(Ils font un mouvement; Jonathan les arrête du geste. Ils forment un groupe au fond.)

JONATHAN, avec ironie.

Ah! vous faisiez visite à mistress Sheppard... la jeune et belle... veuve.

MISTRESS SHEPPARD.

Oui, veuve... parce que tu as entraîné mon mari à la ruine, à la débauche et au crime... veuve, parce que tu as tué le père de cet enfant, misérable!

JONATHAN, regardant l'enfant.

Eh! eh! il est gentil, le petit... Le front large, l'œil noir, une vraie tête de louveteau... Il promet... il tiendra... j'y veillerai.

MISTRESS SHEPPARD.

Vous...

JONATHAN, bas.

Vous n'avez pas voulu que je fusse son père... je serai son mauvais génie.

MISTRESS SHEPPARD.

Misérable!

JONATHAN, aux Chevaliers du brouillard.

Allons, en route, enfants de la Monnaie... veillons à nos priviléges.

TOUS.

En route... en route!

(Ils sortent.)

BLUSKINE, prenant Wood à l'écart.

Vénérable père Wood...

WOOD.

Hein! qu'est-ce encore?

BLUSKINE.

Décidément, je vous conseille d'envoyer ça chez moi.

WOOD.

Quoi?...

BLUSKINE.

Votre argenterie, votre argent et vos jolis bijoux.

WOOD.

Allons donc! chez vous?

BLUSKINE.

C'est le meilleur moyen pour qu'on ne vous les vole pas. (En sortant.) On vous les volera...

SCÈNE V

MISTRESS SHEPPARD, WOOD.

MISTRESS SHEPPARD, à part.

Oh! ce Jonathan Wild! il me fait frémir pour l'avenir de mon fils...

WOOD.

Les effrontés coquins!... oser venir vous proposer... à vous, une mère... d'en faire... ce qu'ils sont!...

MISTRESS SHEPPARD.

Que voulez-vous, monsieur Wood! ils ont pitié de nous à leur manière...

WOOD.

Tout le monde n'est pas comme ça, mistress Sheppard.

MISTRESS SHEPPARD.

Vous, vous seul avez bien voulu nous venir en aide.

WOOD.

Tout mauvais sujet qu'il était j'aimais son père.

MISTRESS SHEPPARD.

Et il vous le rendait bien, monsieur Wood; car j'ai là-haut une lettre qu'il m'a écrite pour vous avant de mourir, mais que je n'ai jamais osé vous porter.

WOOD.

Eh bien, allez me la chercher, mistress Sheppard.

MISTRESS SHEPPARD.

Oui, j'y vais.

WOOD.

Laissez-moi votre petit, je le soignerai... pendant ce temps-là je lui mettrai son petit bonnet et son manteau.

(Il le lui prend.)

MISTRESS SHEPPARD.

Que vous êtes bon, monsieur Wood! Je reviens à l'instant.

(Elle sort par la gauche.)

SCÈNE VI

WOOD, puis DARREL.

WOOD, parlant à l'enfant, tout en l'habillant.

Pauvre petit! qu'est-ce que tu deviendrais, si on ne s'occupait pas un peu de toi?... L'ami, le compagnon de tous ces bandits...Non, non, vous serez mon élève...Ça vous conviendra-t-il, monsieur?... Allons, riez, monsieur, riez pour dire oui... Il fronce le sourcil!... (Lui mettant un doigt sur la bouche.) Voyons, voyons... vous mordrez à la menuiserie, n'est-ce pas?... Aïe! je vous parle de mordre à la menuiserie, je ne vous dis pas de mordre le menuisier... Bah! il est gentil, il ne pleure pas avec moi, il est même très-sage... (On entend un coup de feu.) Qu'est-ce que c'est que ça encore?...

DARREL entre très-vivement, portant un second enfant.

Un homme!... Sauvez-le... sauvez-le!... Que je meure s'il le faut, mais sauvez mon enfant!...

WOOD.

Permettez, monsieur... la place est prise, il y en a déjà un.

DARREL.

Ne m'interrogez pas, monsieur, et ne me répondez qu'un mot : Voulez-vous tenter de nous sauver, cet enfant et moi?

WOOD.

Oui.

DARREL.

Alors, par où puis-je m'enfuir, car on m'a vu entrer ici...

WOOD.

Par cette porte... une allée qui donne sur la petite rue de derrière...

DARREL, après avoir déposé l'enfant à droite.

Bien... prenez ce chapeau, ce manteau...

(Il les lui met.)

WOOD.

Permettez... permettez...

DARREL.

Grâce à ce déguisement, grâce à l'enfant que vous tenez dans vos bras, ils vous prendront d'abord pour moi, et j'aurai le temps de fuir.

WOOD.

Très-bien... Ils me prendront pour vous... ils m'arrêteront pour vous, et... qu'est-ce qu'ils voulaient vous faire?

DARREL.

Me tuer...

WOOD.

Mais alors, ils me tueront pour vous!...

DARREL.

Ils viennent, les voilà... ordonnez-vous que je reste?

WOOD.

Non, j'ai peut-être une chance de leur échapper, tandis que vous n'en auriez aucune.

DARREL, sortant par la porte à droite avec son enfant.

Merci, soyez béni.

WOOD.

J'en ai bien besoin!

SCÈNE VII

WOOD, enveloppé dans le manteau, le chapeau rabattu sur les yeux, SIR ROWLAND, QUATRE DE SES SERVITEURS armés, dont deux portent des torches allumées.)

ROWLAND.

Il est ici, vous dis-je... Eh! tenez, c'est lui, le voilà.

WOOD, à part.

Seigneur, ayez pitié de moi!

ROWLAND.

A genoux, misérable; prépare-toi à la mort... à genoux!

WOOD, s'agenouillant.

Je ne demande pas mieux que de me mettre à genoux, monsieur... quant à mourir, je... ne le ferais qu'avec répugnance.

ROWLAND.

Damnation!... ce n'est pas lui... (Le saisissant à la gorge.) Et cependant, c'est le manteau, l'enfant... Où est l'homme qui t'a remis ce manteau?... parle, parle donc...

WOOD.

Im... impossible... vous m'étranglez... comment voulez-vous que mes paroles passent si vous leur... bouchez la porte?

ROWLAND, le lâchant.

Allons, explique-toi...

WOOD.

Ouf!... avec plaisir, monsieur.

ROWLAND.

Songe que si tu mens, tu mourras...

WOOD.

Avec plai... c'est-à-dire... non...

ROWLAND.

Enfin! Il est venu ici un homme...

WOOD.

Il est venu ici un homme... oui, monsieur...

ROWLAND.

C'était lui...

WOOD.

C'est possible.

ROWLAND.

Un homme avec un enfant...

WOOD.

Avec un enfant, oui, monsieur... il m'a jeté son manteau sur le dos, le chapeau sur la tête, et l'enfant...

ROWLAND.

Et l'enfant, le voilà...

WOOD.

Du tout.

ROWLAND, à ses hommes.

Emparez-vous-en, en attendant que je tue l'infâme qui est son père.

(Deux hommes s'approchent de Wood pour prendre l'enfant.)

WOOD.

Mais je vous dis que ce n'est pas celui-là... A l'aide! au secours!... Oh! je le défendrai!...

ROWLAND.

On saura bien l'arracher de vos mains...

WOOD.

On me tuera plutôt...

ROWLAND.

Eh bien, soit... faites...

WOOD.

Comment, faites! Ils vont me tuer...

(On entoure Wood.)

ROWLAND.

Allons... veux-tu parler et donner l'enfant?...

WOOD.

C'est-à-dire livrer la vie d'un homme et faire égorger ce pauvre petit.... ma foi, non; faites, comme dit monsieur, j'aime mieux qu'on me tue...

ROWLAND, le menaçant.

Eh bien, donc...

WOOD, passant derrière la table.

A moi! au secours! au... (Sa main rencontre le sifflet déposé par Bluskine.) Ah!...

(Il siffle.)

ROWLAND.

Un signal

(On entend un autre coup de sifflet, au loin, puis d'autres plus éloignés, puis des cris.)

WOOD.

Sauvés, nous sommes sauvés!... entends-tu, petit, nous sommes sauvés!

ROWLAND.

Quel est ce bruit?... que signifie...

WOOD.

Cela signifie, monsieur, que si vous nous tuez, moi et l'enfant, si je ne suis plus là pour attester que vous n'êtes pas des shérifs ou des baillis de Londres, vous allez être écharpés, mis en morceaux, en miettes, en hachis, par tous les bandits de la Vieille-Monnaie... Ah!...

ROWLAND.

Ils oseraient...

WOOD.

Parfaitement, parfaitement, messieurs... Ils jugeront, en nous trouvant morts, que vous avez violé les priviléges de ce lieu d'asile, et ils vous pendront...

ROWLAND.

Nous!...

WOOD.

Ils vous pendront, messieurs...

SCÈNE VIII

Les Mêmes, QUATRE-JAMBES, BLUSKINE, QUATRE-MAINS, Gens de la Vieille-Monnaie, entrant successivement; puis MISTRESS SHEPPARD, ensuite JONATHAN WILD.

QUATRE-JAMBES, suivi de bandits.

C'est ici, que je vous dis...

WOOD.

Oui, oui, c'est ici; entrez, mes amis, entourez-moi, respectables bandits, entourez-moi.

BLUSKINE, entrant suivi d'autres bandits.

Comment! c'est d'ici qu'est parti le signal? Le petit a déjà fait usage de l'outil que je lui ai donné!... Allons, allons, l'enfant est précoce.

KETTLEBY, suivi de bandits.

Où sont-ils les watchmen?

TOUS.

A mort... à mort!

WOOD.

Ce n'est pas le petit, monsieur Bluskine, c'est moi qui me suis servi de votre talisman pour me soustraire aux menaces de ces messieurs, qui voulaient tuer moi et le petit.

MISTRESS SHEPPARD.

Tuer mon enfant!...

(Elle le prend des bras de Wood.)

ROWLAND.

Son enfant!... c'est faux.

MISTRESS SHEPPARD.

Je vous dis que c'est mon enfant, et que vous ne l'aurez pas tant que je serai vivante.

BLUSKINE.

Oui, nous l'attestons tous, la bonne dame dit vrai; nous connaissons bien le jeune Sheppard, il porte encore le joli bonnet et le manteau que nous lui avons apportés ce matin.

KETTLEBY.

D'ailleurs, c'est ici lieu d'asile, et si vous êtes des constables ou des gens de loi, vous violez nos priviléges, et ça demande vengeance.

TOUS.

Oui, oui, vengeance!

JONATHAN, venant au milieu.

Un instant... Je connais ce gentilhomme, moi, et je réponds de lui.

ROWLAND.

Vous?...

JONATHAN.

Moi-même!

ROWLAND, au milieu.

Je ne viens pas violer vos priviléges, mais je veux venger mon honneur... Ce n'est pas avec la force publique et armé de la loi que j'ai pénétré dans ce quartier de la Vieille-Monnaie, c'est accompagné de mes serviteurs et armé de mon épée que je poursuis celui qui a souillé mon nom et déshonoré ma famille...

JONATHAN.

Alors, nous n'avons rien à voir à cela.

TOUS.

C'est vrai, rien.

ROWLAND.

Cet homme est ici, prétendez-vous le défendre, ou bien consentez-vous à vous partager cette bourse et à me laisser libre de me venger?...

KETTLEBY, saisissant la bourse.

Au nom des chevaliers, j'accepte la bourse, et nous vous laissons libre d'agir... comme il vous plaira.

BLUSKINE.

Permettez... en vous rappelant que ce petit n'est pas celui que vous cherchez, mais bien le fils d'un brave compagnon, notre ami, et que s'il tombe une dent de sa bouche ou un cheveu de sa tête, vous aurez affaire aux gens de la Vieille-Monnaie.

TOUS.

Oui, oui!

ROWLAND, bas à Jonathan.

Où peut être celui que nous cherchons?...

JONATHAN, bas.

Attendez... (Bas à Wood et lui montrant la porte par laquelle est sorti Darrel.) Il est sorti par là, n'est-ce pas?

WOOD, bas.

Là... oui, non, non.

JONATHAN, à part.

Il est là... (Bas à Rowland, lui montrant l'escalier à droite.) Montez... dans ce grenier, vous l'y trouverez sans doute caché.

ROWLAND, à ses hommes.

Venez...

KETTLEBY.

Et nous, à la taverne de *la Pie borgne!*

TOUS.

A *la Pie borgne!*

(Les Chevaliers sortent, tandis que Rowland et les siens montent l'escalier.)

SCÈNE IX

MISTRESS SHEPPARD, WOOD, JONATHAN,
puis **DARREL.**

WOOD.

Vous les avez dépistés, monsieur Jonathan, c'est bien, c'est très-bien... (A mistress Sheppart.) C'est un brave bandit.

MISTRESS SHEPPARD, assise.

Lui! il médite quelque infamie... il y a là un piége...

JONATHAN.

Pas un instant à perdre... (Allant ouvrir la porte.) Venez, venez, monsieur...

WOOD.

Comment, venez; mais il est bien loin...

JONATHAN.

Non, il y a quinze jours que la porte de l'allée est condamnée.

WOOD, à mistress Sheppard.

Se peut-il?

MISTRESS SHEPPARD.

En effet.

JONATHAN.

Voyez plutôt...

(Il montre Darrel qui revient avec son enfant.)

DARREL, à part.

Impossible de fuir... (A Wood.) Sont-ils partis?

JONATHAN.

Non, ils vous cherchent là-haut, et la moitié de leur monde garde la porte... Si vous tentiez de sortir, ce serait fait de vous...

DARREL.

Oh! moi, que m'importe; mais lui, mon enfant...

MISTRESS SHEPPARD.

Le malheureux!

JONATHAN.

On peut le sauver...

DARREL.

Le sauver... qui ferait cela?

JONATHAN.

Moi... peut-être...

WOOD.

Oh! très-bien, Jonathan!

JONATHAN.

Combien donneriez-vous pour qu'il eût la vie sauve?...

DARREL.

Combien!...

WOOD.

Canaille!...

MISTRESS SHEPPARD, bas.

Que vous disais-je?

DARREL, donnant sa bourse.

Tenez... tenez, il y a là cent guinées.

JONATHAN.

C'est bon... (Il prend la bourse.) Mistress Sheppard, emportez votre enfant, mais laissez-nous ce bonnet et ce manteau.

MISTRESS SHEPPARD.

Vous voulez...

WOOD, prenant le manteau et le bonnet.

Donnez, donnez!... Rentrez chez vous, mistress Sheppard.

MISTRESS SHEPPARD.

Mais s'ils allaient se tromper encore, s'ils prenaient mon petit Jack pour celui qu'ils cherchent...

JONATHAN.

Allons donc! je réponds de tout. Sortez, sortez... sortez donc!

MISTRESS SHEPPARD, tremblante.

Oui, oui, j'obéis!... Ne nous abandonnez pas, monsieur Wood!

(Elle sort, emportant son enfant.)

JONATHAN, à part.

Que m'importe qu'ils se trompent, je veux que celui-ci vive... (A Wood.) Mettez-lui ce manteau et ce bonnet.

WOOD.

Ah! je comprends... nous déguisons le petit.

JONATHAN.

Prenez-le, monsieur Wood.

WOOD.

Je comprends encore... (Avec fierté.) Je comprends tout, aujourd'hui...

JONATHAN.

Je les entends, ils reviennent.

WOOD.

Ah çà! et le père?...

JONATHAN.

J'ai fait marché pour sauver l'enfant... Rentrez là, monsieur, je ne peux rien pour vous... mais prenez cette épée.

DARREL, prenant l'épée.

Merci, monsieur. (A Wood.) Si vous ne me revoyez pas, rappelez-vous que cet enfant s'appelle Darrel. (Après avoir embrassé son enfant.) Que la volonté de Dieu s'accomplisse!

(Il sort.)

WOOD.

Les voilà, les voilà.

SCÈNE X

LES MÊMES, ROWLAND, SES SERVITEURS,
puis **MISTRESS SHEPPARD.**

ROWLAND.

Personne... nous n'avons trouvé personne!

JONATHAN, bas.

Celui que vous cherchez est l'époux secret, mais légitime, de votre sœur.

ROWLAND.

Qui t'a dit...

JONATHAN.

L'enfant qui est né de cet amour héritera de l'immense fortune de votre sœur, car elle est riche et vous ne l'êtes plus.

ROWLAND.

Assez, assez...

JONATHAN.

Il faut donc que cet homme meure, pour qu'il ne puisse faire valoir les droits du petit héritier... Vous donneriez bien mille guinées pour la mort de cet homme?...

ROWLAND.

Oui!

WOOD, à part.
Que se disent-ils donc?

JONATHAN.
Eh bien, votre homme est là, entrez...

ROWLAND.
Là! c'est bien. (Il se dirige vers la porte; les quatre hommes le suivent; les arrête, tire son épée en disant :) Arrêtez... je suis gentilhomme : il est seul, je dois entrer seul.

WOOD.
Malheureux! vous l'avez livré.

JONATHAN.
Croyez-vous qu'ils seraient partis sans fouiller la maison?... Ils les auraient tués tous les deux... comme ça, j'en sauve un, du moins...

(On entend un cliquetis.)
WOOD.
Ils se battent!... il le tue!

DARREL.
Ah!...

WOOD, fait un mouvement pour aller dans l'allée.
Il l'a tué!

JONATHAN.
Restez...

ROWLAND, rentrant en scène.
Et l'enfant! qu'est devenu l'enfant?...
(Il s'arrête devant celui que porte Wood.)

WOOD, tremblant.
C'est le petit Sheppard, monsieur, c'est le petit Sheppard...

ROWLAND, avec doute.
Oui?...
(A ce moment reparaît mistress Sheppard seule. Elle écoute ce qui suit.)

WOOD, tremblant.
Avec son petit bonnet, son petit manteau donnés par nos amis, nos bons amis, les bandits de la Monnaie... Faisez une risette au monsieur, petit Sheppard, faisez une risette... Eh! eh! eh! il a ri! (A part.) Il rit; il ne se doute de rien, le pauvre petit innocent.

ROWLAND.
Mais alors, qu'aurait-il fait de cet enfant... si ce n'est pas celui...

MISTRESS SHEPPARD, s'approchant.
Rendez-moi donc mon garçon, monsieur Wood...
(Elle prend l'enfant et va pour sortir.)

ROWLAND.
Arrêtez...

MISTRESS SHEPPARD.
Vous savez que si vous faites tomber un seul de ses cheveux, les hommes de la Monnaie vous tueront sans miséricorde.

WOOD, montrant le sifflet.
Voilà l'instrument qui sert à les appeler, messieurs...

JONATHAN, bas.
Dans sa fuite, votre ennemi aura jeté son fils aux bras de quelque passant.

ROWLAND.
Mais il m'échappera alors...

SCÈNE XI

LES MÊMES; DARREL, blessé à mort et se traînant à peine.

DARREL.
Oui... oui... il t'échappera... il t'échappera...

ROWLAND, avec effroi.
Lui!...

DARREL.
Je meurs... mais il me vengera... (Il tombe à genoux.) Si... si vous le voyez un jour cet enfant... (à Wood) vous qui avez voulu me... sauver... (à mistress Sheppard) vous qui m'avez donné asile... dites-lui que je meurs... en le bénissant... et... puisqu'il n'est pas là, mon enfant... pour que je puisse l'embrasser... une dernière fois... laissez-moi embrasser le... le vôtre, madame...

MISTRESS SHEPPARD.
Le... le mien...
(Elle fait un mouvement qu'elle réprime et marque qu'elle comprend.)

WOOD.
Ah! oui, oui.
(Mistress Sheppard lui présente l'enfant, tandis que Wood soutient le blessé.)

DARREL.
Ils seront amis... ils seront frères... il lui rendra ce baiser... que je lui donne aujourd'hui... pour mon fils... pour mon fils bien-aimé... Adieu, mon... adieu!
(Il meurt.)

WOOD.
Il est mort, monsieur; votre vengeance n'a plus rien à faire ici...
(Rowland se dirige vers le fond.)

JONATHAN, à part.
Vous avez tué le père; un jour j'irai, avec le fils, frapper à votre porte.

ACTE II

Deuxième Tableau

LES DEUX APPRENTIS

Le théâtre représente l'intérieur de l'atelier de Wood le menuisier, dans Wych-street. Entrée au fond, formant hangar. A gauche, au deuxième plan, une fenêtre avec barreaux, donnant sur un verger; à droite, la petite porte d'une cave. Établis à droite; tout près un banc de bois.

SCÈNE PREMIÈRE

JACK, puis BLUSKINE.

JACK, entrant furtivement par la petite porte, portant sous le bras un cruchon de liqueur.
Personne ne m'a vu... Voici bientôt l'heure de ma leçon, et mon professeur, maître Bluskine, ne serait pas content si je ne lui apprêtais pas son cachet. (Montrant le cruchon de liqueur qu'il débouche.) Cacheté... C'est égal, faisons vite des progrès... car le tas diminue beaucoup, et le cachet pourrait venir à manquer... Heureusement que mon patron, monsieur Wood, n'interroge qu'une fois par an le coin au fameux genièvre de seize cent soixante-dix; sans cela, il m'en cuirait. C'est qu'il a de la poigne, monsieur Wood, quand il emprunte la main de madame Wood, le vrai patron d'ici... Mais bast!... c'est la mère de Cécily, et quand la mère tape, je regarde la fille... (Il soupire.) Elle est si jolie, miss Cécily!

BLUSKINE, qui a déplacé un des barreaux, est entré par la fenêtre et s'est approché à pas de loup. Il lui prend la bouteille des mains.
Qu'il est jeune!... Je ne parle pas de ce genièvre... il est plus malin que toi, lui, il n'aime pas... il se laisse aimer.
(Il tire un gobelet de sa poche et se verse du genièvre.)

JACK.
Bon! la leçon n'est pas commencée qu'il se paye déjà.

BLUSKINE, faisant claquer sa langue contre ses dents.
Hum!... quel velours épinglé!...

JACK, riant.
Quel vieil ivrogne que ce Bluskine!

BLUSKINE.
Enfant! que ceci te serve d'enseignement... (Lui versant et lui offrant du genièvre.) Sache apprécier ce qui est vieux... J'ai dix ans de plus que ce genièvre, ainsi jugé!... Tiens!...
(Il lui offre le gobelet.)

JACK.
Non, merci... je ne bois pas... j'ai du chagrin.

BLUSKINE.
Qu'est-ce qu'on t'a fait, petit?... qui est-ce qui a touché à mon petit Jack Sheppard, mon filleul et mon élève?...

JACK, passant à gauche.
Je n'ai rien... ça ne te regarde pas...

BLUSKINE.
Ça ne me regarde pas!... moi, un ancien... moi qui ai vidé avec ton père plus de pots de bière... et de goussets... que tu n'as de cheveux sur la tête... ça ne me regarde pas!

JACK, devenu sombre.
Mon père!... Tom Sheppard... le héros de Tyburn!... Que faire à cela?... c'est la fatalité... Partout où se présente ma

mère, on la chasse... Hier encore, la pauvre femme est venue à pied de Willesden pour m'embrasser... elle apportait le peu qu'elle avait, quelques œufs et des fruits... eh bien...

BLUSKINE.

Eh bien, quoi?

JACK.

Eh bien, mistress Wood, la maîtresse de céans, ne lui a pas même permis de m'attendre, car j'étais absent. Oh! si j'avais été là!... Enfin, quoi, sans Tamise, ma mère, qui avait fait six lieues à pied, n'aurait pas su où se reposer... mais heureusement il était là, lui; il est venu me chercher...

BLUSKINE.

Ah! oui, hier, à la taverne du *Lion noir*, où nous étions.

JACK.

Oh! ça... ça n'est pas le plus beau de l'affaire, et Tamise, quand il me trouve avec vous autres, ne m'épargne pas les reproches: et que je suis un paresseux, et que je ne gagnerai pas mon pain, et qu'il faut travailler... travailler à quoi?... (Montrant les planches.) A ça?... à pousser le rabot?... passer son temps parmi les scies, les marteaux, les copeaux et la sciure?... non... j'ai d'autres idées... Vivre toujours entre les sermons des uns et les taloches des autres, ça ne me va pas... (Approchant le banc sur le devant.) Allons, mettons-nous là... Qu'est-ce que tu vas m'apprendre aujourd'hui?

BLUSKINE.

Ce que je vais t'apprendre?... eh! chi... c'est que tu vas bien, et vite. D'abord, tu es aussi fort que moi sur l'escrime, moi, la première lame de la Vieille-Monnaie; ensuite... (montrant la porte de la cave) voici la preuve qu'il ne faut pas te montrer deux fois la manière d'ouvrir les portes dont on n'a pas la clef.

JACK, courant fermer la porte.

Mais il convient de les fermer...

BLUSKINE.

Enfin! (il montre la fenêtre par où il vient d'entrer et qui est fermée par des barreaux) voici un barreau artistement scié qui me dit assez que tu pourras défier un jour les fenêtres grillées de toutes les prisons des trois royaumes.

JACK.

Tiens, pourquoi m'enferment-ils, quand ils sortent?

BLUSKINE.

C'est juste.

JACK.

Pour que je travaille!

BLUSKINE.

Eh bien, travaillons!
(Il sort un jeu de cartes crasseux de sa poche. Ils s'asseyent de façon à se trouver à cheval l'un devant l'autre.)

JACK.

Qu'est-ce que c'est que cela?

BLUSKINE, d'un ton pédant.

Un traité d'alchimie en cinquante-deux petits chapitres, indiquant les cinquante-deux petit moyens de faire de l'or, sans métaux, et de battre monnaie sans balancier... Coupe!...

JACK, se levant et passant à gauche.

Allons donc... je devine... des cartes frelatées... les ruses du renard... fi!... j'aime mieux l'audace du lion.

BLUSKINE, se levant.

Tu n'es pas dégoûté!

JACK, sans lui répondre.

Hier, je me suis échappé d'ici, et je suis allé payer ma place à Covent-Garden.

BLUSKINE.

Toi?... avec que argent, petit gueux?...

JACK.

J'avais reçu dans la matinée un soufflet de madame Wood, et c'est sa poche qui me l'a payée... Quelle belle chose qu'un théâtre! toutes ces grandes dames dans leurs robes de soie de brocart et de velours, et des diamants!... Ah! on aurait dit toutes les étoiles du ciel... J'étais là... je n'avais pas assez de mes yeux pour regarder et de mes oreilles pour entendre. Sur la scène, il y avait une forêt, dans cette forêt passaient deux chefs armés... des armes superbes!... tout à coup trois sorcières paraissent... dans un buisson de feu... et l'une

d'elles, étendant la main vers celui qui marchait en avant, lui dit : « Macbeth, tu seras roi! » Il l'a été en effet... et toute la nuit j'ai revu ces trois infernales vieilles... et celle qui avait parlé à Macbeth me parlait aussi, et comme à Macbeth elle me disait aussi : « Jack Sheppard, tu seras roi! »

BLUSKINE.

Bah! roi!... et de quel pays?

JACK.

Oh! j'ai bien deviné ce qu'elle voulait dire... elle ricanait en me parlant... mais que m'importe... je l'accepte. (Passant à gauche.) As-tu compris, vieux drôle? rempoche tes cartes, et buvons à mes exploits futurs. (il boit à même le cruchon.)

BLUSKINE.

Il est capable de surpasser Jonathan Wild... quelle chance!

JACK.

Chut!... du bruit... ils rentrent.

BLUSKINE.

Monsieur Wood?...

JACK.

Et sa femme... Ce sont eux en effet, accompagnés de Cécily et de Tamise... Allons, décampe...

BLUSKINE.

Oui, mais il faut que je te dise... car tu m'inspires une confiance... enfin... je ne sais pas pourquoi... mais ces choses-là, ça ne se commande pas... écoute... Il y a quelque chose à faire cette nuit.

JACK, pâlissant.

Ah! déjà?...

BLUSKINE.

Oui, mais je reviendrai, et si Jonathan veut de toi...

JACK.

Jonathan!

BLUSKINE, riant.

Ah dame! en attendant que tu le détrônes... car il est roi, lui... de la Vieille-Monnaie.

JACK.

Mais va-t'en donc!... va-t'en donc!

BLUSKINE.

Adieu... (Fausse sortie.) Ah! ne laissons pas le corps du délit. (Il va prendre le cruchon de genièvre.) A bientôt.
(Il sort par la fenêtre.)

SCÈNE II

JACK, puis M. et MADAME WOOD, TAMISE et CÉCILY.

JACK, après avoir remis le barreau.

Jonathan!... (Frissonnant.) C'est étrange, je me croyais plus fort!...
(Il s'assied sur le banc, Entrent M. et madame Wood, Tamise et Cécily.)

MADAME WOOD.

Là, qu'est-ce que je vous disais, monsieur Wood?... a-t-il un outil dans la main?... (Jack se lève. Elle aperçoit les cartes restées sur le banc.) Non, il avait des cartes... et quelles cartes!... dans quelle sale taverne de la Cité a-t-il été les ramasser?... Mais fâchez-vous donc, monsieur Wood; vous voyez bien qu'il n'a rien fait pendant notre absence.

WOOD.

Mais je suis très-fâché, ma bonne amie... (Allant à Jack.) Je suis furieux, Jack, et je vous somme péremptoirement de nous dire ce que vous avez fait pendant notre absence.

JACK, ironiquement.

Pendant votre promenade sous les beaux marronniers d'Hyde-park, n'est-ce pas?

MADAME WOOD.

Que vous importe, monsieur l'apprenti? N'est-ce pas déjà assez que l'on vous ait recueilli par pitié?

CÉCILY.

Ma mère!

JACK, à part.

Bonne Cécily, elle me défend, elle!

MADAME WOOD.

Voyons. Mais parlez donc, monsieur Wood, qu'aviez-vous donné à faire à ce garnement?

WOOD.

Mais, chère amie, tu le sais bien, je lui ai ordonné de terminer la caisse d'emballage pour sir Rowland.

TAMISE, vite et bas à Jack.

Elle est faite, je l'ai finie avant de partir. (*Lui montrant la droite.*) Va, elle est là.

MADAME WOOD.

Eh bien, monsieur Jack, cette caisse...

JACK, donnant la main à Tamise.

Merci, Tamise.

MADAME WOOD, continuant, avec colère.

Eh bien, répondrez-vous?

JACK.

Mistress, vous ne devriez pas vous emporter si fort... cela fait du tort à votre beauté.

MADAME WOOD.

Que dit-il?... Je crois, monsieur Wood, que vous me laissez insulter par ce maroufle.

WOOD.

C'est vrai, bonne amie.

CÉCILY.

Calmez-vous, ma mère.

MADAME WOOD, à Cécily.

Tais-toi, laisse-moi tranquille. (*Furieuse et passant à Jack.*) Monsieur... Oh! ce garçon-là, je frémis quand je le regarde; avec ses grands yeux farouches, sa figure pâle et sa tête ronde comme un boulet... Répondrez-vous, méchant vaurien?

JACK, très-flegme.

Mistress, votre mouche gauche, près de l'œil, vient de tomber...

MADAME WOOD, lui détachant un soufflet.

Eh bien, tiens! ramasse cela, toi!

JACK, avec rage.

Oh! c'est le dernier que je recevrai ici!

WOOD.

Bonne amie!... mon chéri!... tu sais que cela te fait mal... Voyons, Jack, tais-toi... fais comme si tu n'avais rien reçu. (*Voyant Tamise qui est allé rapidement chercher la caisse.*) Tu vois bien, madame Wood, la caisse était faite... (*Allant à madame Wood qui s'assied à gauche.*) Allons! voilà qu'elle prend mal... Cécily, les sels, le flacon de ta mère!... (*A Jack, à part et vivement.*) Ne dis rien, tu auras une demi-couronne. (*Allant à sa femme.*) Eh bien, mon amour, comment te trouves-tu?

TAMISE, à Jack.

Crois-moi, Jack, va-t'en vite porter la caisse; quand tu reviendras, l'orage sera dissipé.

JACK.

Merci, mon bon Tamise... la besogne est faite, c'est vrai, mais je dirai la vérité... je ne veux pas mentir, c'est une lâcheté.

TAMISE.

Oui, oui, plus tard; mais va... va donc!...
(*Il l'a aidé à charger la caisse, et le pousse dehors.*)

JACK, sortant sur le seuil de la porte.

C'est le dernier que j'aurai reçu, madame Wood!
(*Il part.*)

SCÈNE III

LES MÊMES, moins JACK.

MADAME WOOD, se levant.

Il me menace, je crois... (*Wood l'arrête.*) Je vous avais pourtant bien prédit ce qui arriverait, quand vous avez apporté ce petit serpent à la maison... Mais, non... monsieur n'en fait toujours qu'à sa tête, et non content de nourrir le fils et de l'encourager dans sa paresse, il va chez la mère, il lui porte de l'argent, des provisions... Bonté divine!... Un honnête mari, monsieur, laisse à sa femme le soin de faire ses charités, surtout quand elles s'adressent à des femmes.

WOOD.

Mais, mon amour, j'ai cru bien faire, je vous le jure... Mistress Sheppard est...

MADAME WOOD.

Je sais ce qu'elle est, monsieur, et je crains de deviner... (*bas*) ce qu'elle a été pour vous, malheureux!

WOOD, confus.

Oh! bonne amie... pouvez-vous penser que moi... Oh! oh! oh!

MADAME WOOD.

Taisez-vous, mauvais sujet.

WOOD.

Ah! ma bonne amie; ma réputation... Ne suis-je pas constable de mon quartier... et puis, votre fille qui est là.

MADAME WOOD, à Wood.

C'est bon, marchez devant, monsieur.

WOOD.

Oui, ma bonne amie.

MADAME WOOD.

Vous répliquez?

WOOD.

Non, ma bonne amie.

MADAME WOOD.

Vous écrirez devant moi au directeur de l'hospice des pauvres... je ne veux plus de bâtard dans ma maison.

TAMISE.

Madame!

WOOD, revenant à Tamise.

Tamise, tu sais, mon enfant, ce n'est pas pour toi qu'elle a dit cela... Tu sais bien qu'elle t'aime... elle t'aime bien, va... (*Mouvement de madame Wood.*) J'y vais, mon chéri, j'y vais...

MADAME WOOD, se calmant tout à coup, à Tamise qui est passé à droite.

Non, Tamise, non, ce n'est pas pour vous que je parle ainsi... vous êtes un brave cœur, un bon et honnête garçon, vous... que j'aime... et la preuve, c'est que je voudrais être votre mère.

WOOD.

A la bonne heure!

MADAME WOOD, continuant et montrant Wood.

Si cela ne devait pas vous donner un père comme celui-là.

WOOD.

Merci.

MADAME WOOD.

Suivez-moi.
(*M. et madame Wood sortent par le fond à gauche.*)

SCÈNE IV

TAMISE, CÉCILY.

TAMISE, en passant à gauche.

Ah! tenez, Cécily, ma résolution est prise: demain, je quitterai cette maison.

CÉCILY.

Partir!... quitter cette maison, Tamise... vous ne ferez pas cela... Vous oublierez ce que ma mère a pu dire dans l'égarement de la colère; sa vivacité n'exclut pas chez elle le bon cœur; elle vous en a donné bien des preuves.

TAMISE, s'asseyant.

Je dois partir. Je ne puis être plus longtemps à charge à ceux qui ne me doivent rien et pour qui je ne suis rien.

CÉCILY.

Tamise, vous me désolez... Est-ce que maintenant vous ne gagnez pas votre vie?... et puis, mon père, en vous sauvant jadis, au péril de ses jours, n'a-t-il pas acquis le droit de vous considérer comme son enfant?... Vous ne pouvez, vous ne devez rien faire sans le consulter... Me le promettez-vous?

TAMISE.

Soit. Je vous le promets. Mais vous-même, promettez-moi d'être meilleure pour Jack, que ne le sont vos parents. Est-il juste qu'ils soient toujours irrités contre ce garçon-là?

CÉCILY.

Vous lui portez donc de l'affection? Tamise, c'est étrange, il ne vous ressemble pourtant pas du tout.

TAMISE.

Que voulez-vous? On s'attache à ceux pour qui on a risqué sa vie. Vous savez bien pourquoi l'on m'a surnommé Tamise?...

CÉCILY.

Parce qu'un jour vous vous êtes précipité dans le fleuve pour sauver Jack.

TAMISE.

C'est vrai, et c'est peut-être bien pour cette raison-là que j'aime le compagnon de mon enfance. (se levant.) D'ailleurs, quoi que vous puissiez penser, je vous assure que Jack est un excellent garçon.

CÉCILY, souriant,

Eh bien, je me suis trompée, je veux le croire.

TAMISE.

Et puis il vous aime tant, Cécily !

CÉCILY.

M'aimer... moi?...

TAMISE.

Oui, le pauvre garçon entretient l'espoir de vous épouser un jour.

CÉCILY.

Ah! ne parlez pas de cela, Tamise, vous me le feriez haïr !

TAMISE.

Cependant, Cécily, votre père disait, il y a deux jours, qu'il vous avait surprise, faisant de mémoire le portrait de son apprenti.

CÉCILY, confuse.

Mon père n'a-t-il... qu'un seul... apprenti?

TAMISE, vivement.

Comment!... ce portrait...

CÉCILY.

Ce portrait est fini; on vient de me le rapporter encadré... (Lui montrant un médaillon.) Le trouvez-vous ressemblant?

TAMISE.

Permettez-moi de le garder jusqu'à ce que vous me fassiez le vôtre, dont je ne me séparerai de ma vie.

CÉCILY.

Alors, je vais me hâter de le faire, et celui-ci, vous me le rendrez; si vous nous quittez, je veux au moins le regarder quelquefois... (Mouvement de Tamise.) Oh! croyez que je n'ai pas besoin de cela pour conserver votre souvenir.

TAMISE.

Cécily!... chère Cécily!...

CÉCILY.

Je vous ai bien deviné, allez!... Cette lettre que vous avez reçue ce matin, et qui vous assigne un rendez-vous, ce soir, chez sir Rowland...

TAMISE.

Mais ce n'est peut-être rien, et votre imagination comme la mienne ont sans doute marché en pure perte!...

CÉCILY.

N'importe; la seule pensée qui vous occupe, c'est de vous mettre à la recherche de vos parents, c'est de les retrouver; c'est pour cela que vous voulez partir, vous éloigner... Ah! quelque chose me dit qu'un jour vous la retrouverez cette famille, et alors, qui sait, peut-être appartient-elle à la noblesse, et serons-nous alors séparés pour toujours. (Elle fond en larmes et cache sa figure sur la poitrine de Tamise.) J'avais encore mille choses à vous dire, mais vous me faites tout oublier.

TAMISE.

Cécily, ma bonne Cécily... vous remplissez mes yeux de larmes. Oh! ne pleurez pas ainsi... (il l'embrasse) ne pleurez pas, Cécily!...

SCÈNE V

LES MÊMES, JACK.

JACK, les surprenant au moment où ils s'embrassent.)

Dans ses bras!... (Repoussant Tamise.) Je ne veux pas que tu l'embrasses...

TAMISE, avec colère.

Jack!...

JACK, furieux.

Je te dis que je te défends de l'approcher, entends-tu!...

TAMISE.

Toi!...

JACK.

Moi!...

TAMISE.

C'est devant elle que je punirai ton audace!...

CÉCILY.

Grand Dieu!...

SCÈNE VI

LES MÊMES, WOOD.

WOOD, entrant par la gauche.

Qu'est-ce qu'il y a?

JACK.

Devant elle!... (Tamise s'élance le bras levé sur Jack, celui-ci saisit un outil qui se trouve sur l'établi.) Devant elle!,.. tiens!...

(Il le frappe dans la poitrine.)

CÉCILY.

Ah!...

TAMISE.

Malheureux!...

WOOD.

Scélérat!

JACK, laissant tomber son arme,

Tamise! Tamise!... Est-ce que je t'ai blessé, Tamise?

TAMISE.

Non!... non!... Et c'est vous qui m'avez sauvé, Cécily.

CÉCILY.

Moi?... comment?

TAMISE, tirant le médaillon,

La pointe du ciseau a glissé sur le cadre de ce portrait que vous venez de me donner.

WOOD, à part.

C'est égal! je vais demander à ma femme s'il faut aller chercher la garde.

(Il sort par la gauche.)

SCÈNE VII

LES MÊMES, moins WOOD.

TAMISE.

Sans cela, mon pauvre Jack, je ne pourrais peut-être plus te pardonner comme je le fais de bon cœur.

JACK.

Comment!... je t'aurais tué!... toi!... toi, mon ami, mon frère, mon sauveur... je t'aurais tué... Ah! misérable!... misérable que je suis... Mais quel sang mon père m'a-t-il donc mis dans les veines?

(Il tombe assis à droite.)

TAMISE.

Allons, voyons, ne pleure pas... Si tu as parfois les instincts et la violence de Tom Sheppard, tu as aussi le cœur de ta mère...

JACK.

Non, non, ne me parle pas, ne me parle pas...

CÉCILY.

Consolez-vous, Jack, vous avez été coupable, mais vous avez pleuré. Une larme pour une faute, je crois que vous êtes pardonné.

JACK.

Lui, lui, qui m'a sauvé la vie quand j'étais enfant! (brusquement,) Tamise, cette existence que je te dois, je le jure devant elle, et Dieu écoutera mon serment, je jure de te la dévouer tout entière!

CÉCILY.

C'est bien, cela!...

JACK.

Vous êtes bonne, miss... vous êtes un ange... Aimez-le, il est digne de votre amour, lui... aimez-le, (à part) ce sera mon châtiment.

CÉCILY, leur mettant la main l'une dans l'autre.

Je vous laisse... faites tout à fait la paix ensemble...

JACK.

Puisqu'il ne m'en veut plus, la paix est faite.

(Cécily sort par la gauche.)

SCÈNE VIII

TAMISE, JACK.

JACK, se levant et passant à gauche.

Béni soit ce portrait qu'elle t'a donné, Tamise... il m'a empêché d'accomplir un crime... je veux le couvrir de baisers, donne... (il le lui prend et le regarde.) Ah!... c'est... c'est le tien... comme il te ressemble!... c'est elle qui l'a fait... dis?...

TAMISE, le regardant en face.

C'est elle... qui... l'a fait.

JACK, avec douleur.

C'est le portrait de celui qu'elle aime... (Le portant à ses lèvres.) C'est le portrait de mon frère et de mon sauveur.
(Il le baise encore.)

TAMISE.

Ah! je te le disais bien que si la tête est mauvaise, le cœur est bon.

JACK, d'un air sombre.

Ma tête et mon cœur... Dieu veuille qu'ils ne fassent pas ensemble si mauvais ménage... qu'un jour on ne les sépare l'un de l'autre.

TAMISE.

Jack, tu me fais frémir !...

JACK, riant.

Bah! des bêtises!... (Regardant le portrait, devenant sérieux.) Mais comme c'est ressemblant!... C'est singulier !... autant que l'autre!...

TAMISE.

Que dis-tu?...

JACK, donnant suite à son idée.

Oui, oui, c'est bien étrange!... (Il prend une miniature dans sa poche.) Tiens, regarde-moi ça.

TAMISE.

Un portrait en miniature...

JACK.

Ne dirait-on pas qu'ils sont copiés l'un sur l'autre, et que tu as servi de modèle pour tous les deux?...

TAMISE, tenant les deux médaillons.

Assurément, ce n'est pas moi qui ai posé pour celui-ci... ce beau jeune homme dans ce costume brillant!... Grand Dieu! si c'était le portrait de mon père!

JACK.

Eh!... à en juger par la ressemblance...

TAMISE.

D'où vient ce médaillon?

JACK.

De chez sir Rowland.

TAMISE, vivement.

Il te l'a remis... pour moi !

JACK, le reprenant.

Je n'ai même pas vu sir Rowland.

TAMISE.

Vous ne l'avez pas volé, j'espère?

JACK, avec indignation.

Volé!... (D'un ton plus naturel.) Je l'ai trouvé sur la table de travail chez sir Rowland. (Mouvement de Tamise.) D'abord, il m'a paru qu'il te ressemblait beaucoup... et puis, il y avait tant de diamants autour... enfin, je ne sais pas... je l'ai emporté...

TAMISE.

Il faut le rendre immédiatement, quoi qu'il puisse en arriver. Donne-moi ce médaillon, je vais le reporter.

JACK, le lui donnant.

Je suis bien tranquille, on ne te recevra pas. Si tu crois qu'on pénètre comme ça jusqu'à sir Rowland.

TAMISE.

Je pénétrerai jusqu'à sir Rowland, car il m'attend.

JACK.

Toi?

TAMISE.

Moi-même, et la preuve, c'est que voici la lettre que j'ai reçue ce matin. (Tirant la lettre et la lisant.) « Prière à monsieur » Tamise Darrel de se trouver chez Son Honneur sir Rowland » Montaigu, à son hôtel, à huit heures du soir. » Puisque je veux le voir et qu'il veut me voir, ce sera bien le diable si nous n'arrivons pas à nous rencontrer.

JACK.

Eh bien, va!... (Tamise va pour sortir.) Attends!... mais... on t'interrogera; je te connais, tu diras la vérité, et la vérité, pour moi, c'est la prison.

TAMISE.

Je veux empêcher ta perte et ton déshonneur.

JACK.

Bah! où il fait noir le diable ne voit goutte! Quand on n'est pas découvert, on ne craint rien... Rends-moi ce portrait.

TAMISE.

Je ne te le rendrai pas et je te sauverai malgré toi-même. Adieu!
(Il sort vivement. On entend qu'il ferme la porte à double tour.)

SCÈNE IX

JACK, puis BLUSKINE.

JACK, au fond.

Tamise, Tamise !... Il m'enferme encore. (Il fait un mouvement vers la fenêtre comme pour s'évader, et s'arrête.) Ah bah! s'il allait se compromettre?... si on allait l'arrêter?... (Il pose sa main sur son front.) C'est étrange! un instant j'ai vu tout en rouge autour de moi. (Il ramasse le ciseau.) Est-ce que vraiment j'aurais pu... Oh non!... Tamise!... (Se retournant brusquement.) Qui va là?...

BLUSKINE, apparaissant aux barreaux de la fenêtre.

Psitt!... C'est moi!... Tiens, il m'avait semblé que la conversation était animée... Est-ce que la mine au genièvre est éventée?...

JACK, brusquement.

Que viens-tu faire ici?

BLUSKINE, enjambant par-dessus l'appui de la fenêtre.

Nous sommes seuls?...

JACK.

Pourquoi?

BLUSKINE.

C'est que j'ai réussi, j'ai parlé à Jonathan Wild, il veut bien de toi...

JACK.

C'est singulier, car, lui et moi, nous ne nous aimons guère.

BLUSKINE.

Oui, mais il sait que tu aimes encore bien moins Tamise.

JACK, étonné.

Il sait... que je n'aime pas Tamise!... moi!...

BLUSKINE.

Parbleu!... est-ce qu'il n'est pas ton rival?

JACK.

Mon rival, oui.

BLUSKINE.

Donc, tu dois le haïr, et même, l'autre jour, au *Lion noir*, animé par le genièvre, tu disais : Si Tamise me prend Cécily, je tuerai Tamise!

JACK.

J'ai dit cela?

BLUSKINE.

Très-bien, et ce soir, mon petit, on te débarrasse de ton rival.

JACK.

Ah! l'on en veut à ses jours !
(On entend marcher au dehors.)

WOOD, au dehors.

Venez, messieurs, par ici !...

BLUSKINE.

Du monde! Allons! viens, et à la besogne!... Il y a cent guinées pour chacun... Le rendez-vous derrière l'hôtel de sir Rowland.

JACK.

Sir Rowland!... (A part.) C'est là qu'est allé Tamise... Oh! j'ai fait un serment, je le tiendrai, je sauverai Tamise. (A Bluskine.) Partons!... partons!
(Wood paraît au fond suivi de policemen. Jack saute par la fenêtre à la suite de Bluskine.)

WOOD.

Le voilà !... qu'on s'empare de lui! Jack, en ma qualité de constable du quartier, je vous arrête!...

JACK.

Je n'ai pas le temps, père Wood!...
(Wood sort par le fond, suivi des policemen. Le théâtre change.)

Troisième Tableau

PREMIER EXPLOIT DE JACK SHEPPARD

Un intérieur chez sir Rowland. A droite, une fenêtre. Grande cheminée à gauche; du même côté, au premier plan, un grand bahut en chêne sculpté; à droite, table, fauteuils.

SCÈNE PREMIÈRE

SIR ROWLAND, puis DAVIES.

SIR ROWLAND, assis devant une table sur laquelle sont des papiers divers, une carte de géographie.

Cette lutte touche-t-elle enfin à son terme?... Voilà quinze ans que j'use mes forces et que je prodigue ma vie. Rien ne m'a coûté pour toucher à ce grand résultat : le rétablissement des Stuarts sur le trône d'Angleterre; pour eux j'ai dissipé ma fortune, j'ai plongé une sœur que j'aimais dans un deuil éternel; et telle est la nécessité terrible de cette tâche si pesante, que, ruiné, épuisé, mais non pas abattu, j'en suis à ne pleurer qu'à demi la mort de ma sœur qui va me permettre de faire ce que nous refusent nos amis du continent... (Prenant un papier sur la table.) Un million!... (Il se lève.) Voilà le suprême effort du roi de France! Quelle dérision!... payez donc avec cela une armée.. ranimez les cœurs chancelants... Un million!... Mais ma sœur est morte, et j'ai maintenant une immense fortune à jeter sur le tapis où se jouent les destinées de l'Angleterre!

DAVIES, entrant.

Mylord...

SIR ROWLAND.

Qui est là?... Je n'ai appelé personne.

DAVIES.

Que Son Honneur veuille bien me pardonner... C'est une lettre qu'un jeune homme vient d'apporter et qu'il prétend lui avoir été adressée par Son Honneur.

SIR ROWLAND.

Donnez... (Il prend la lettre, le domestique se tient au fond.) Tamise Darrel... Je n'ai point fait demander ce jeune homme, je ne le connais pas, et d'ailleurs, cette lettre n'est pas de moi... Eh mais... (Il en prend une autre sur son bureau.) C'est bien la même écriture... Qu'est-ce que cela signifie?... (Au domestique.) Dites à ce jeune homme d'attendre... (Le domestique fait un mouvement pour sortir.) Ah!... il va se présenter aussi une personne qui se nommera... (lisant la signature) Jonathan Wild... c'est son nom... Vous la laisserez entrer. (Le domestique s'incline et sort.) Je ne devine encore rien à tout cela; mais n'importe... Un chef de parti doit tout voir et tout connaître. (Se penchant sur une carte de géographie.) Achevons de vérifier les points stratégiques que devront occuper les troupes du prince Georges, entre Aberdeen et Edimbourg... Un million!... et il nous faut vingt mille hommes!

(Il consulte la carte.)

SCÈNE II

SIR ROWLAND, JACK.

JACK, entr'ouvrant doucement la porte du fond.

J'ai réussi à pénétrer dans les appartements... (Apercevant sir Rowland.) Oh! sir Rowland...

(Il tire doucement la porte.)

SIR ROWLAND.

La correspondance maintenant.

(Il entre dans un cabinet à droite.)

JACK, reparaissant.

Bien, il me laisse le champ libre... Je n'ai pas vu Tamise... Est-il venu?... est-il parti?... Ils sont douze à rôder dans le parc derrière l'hôtel. Ce sont les ennemis de Tamise!... Sir Rowland va revenir, retirons-nous sans bruit, et tâchons de continuer nos recherches... (Il regagne la porte à pas de loup. Arrivé là, il s'arrête.) Tiens, c'est drôle; je sais marcher sans qu'on m'entende... Ça me vient de mon père... (Il fait un mouvement de surprise. A la porte du fond.) Jonathan!... c'est lui... il vient ici pour comploter la mort de Tamise. Sa mort!... Ah! ce mot-là fait bondir mon cœur et fait couler mes larmes... Ça me vient de ma mère, ça... (Il se découvre.) Il approche... où me cacher?... pas d'issues!... Ah!... (Il aperçoit le bahut e s'y cache) voilà mon affaire...

SCÈNE III

LES MÊMES, JONATHAN, DAVIES.

DAVIES, à Jonathan.

Par ici, monsieur.

SIR ROWLAND, rentrant en scène.

Qu'y a-t-il?

DAVIES.

Voici la personne que vous attendiez.

(Il sort.)

SIR ROWLAND, prenant la lettre.

C'est vous, monsieur, qui m'avez écrit pour me demander un entretien?...

JONATHAN.

C'est moi, milord... Vous ne me connaissez pas, à ce que je vois... mais je vous connais, moi.

SIR ROWLAND.

Ah! en vérité!... Je vous écoute...

(Il lui fait signe de s'asseoir.)

JONATHAN.

Milord, vous êtes fils de lord Montaigu d'Asthonhall, près Manchester. Lord Montaigu eut trois enfants : deux filles et vous. L'aînée de vos sœurs, Cécilia, fut perdue... volée peut-être, dans son enfance... à l'époque du grand incendie de Londres... et depuis, on n'en a plus entendu parler. Votre sœur cadette, miss Aliva, brisée par une douleur dont vous savez la cause, vient de mourir dans les solitudes du château de Roswood.

SIR ROWLAND, assis.

Ces détails, monsieur, sont connus de tout le monde.

JONATHAN.

C'est vrai, mais permettez-moi de continuer. Votre père, qui ne partageait pas vos opinions politiques, prit contre son fils, trop jacobite... une mesure décisive.

SIR ROWLAND.

Laquelle?...

JONATHAN.

Il le déshérita, et fit passer son immense fortune sur la tête de la fille qui lui restait, miss Aliva...

ROWLAND.

Continuez, monsieur.

JONATHAN.

Vous commencez, je le vois, à prendre de l'intérêt à mon récit.

JACK, passant la tête.

Diable! ma position devient fatigante.

JONATHAN.

En cette occurrence, sir Rowland prit, de son côté, un parti non moins décisif. N'étant plus l'héritier de son père, il jura d'être l'héritier de sa sœur... Mais un jour il reçut d'un confident subalterne une lettre qui détruisit toutes ses espérances; cette lettre lui apprenait que sa sœur était mariée secrètement, et qu'elle avait donné, depuis plusieurs années, le jour à un fils.

JACK, même jeu.

Il parle très-bien, ce brigand-là!...

SIR ROWLAND.

Ah çà, monsieur, où voulez-vous en venir?

JONATHAN.

A ceci, qu'un soir, conduit à la demeure d'Aliva par le même domestique qui vient de m'introduire, vous entrâtes de vive force. Le mari de votre sœur, un homme dont aujourd'hui encore vous ignorez le nom, tira contre vous son épée; mais, ému par les cris de sa femme, qui le suppliait de sauver son fils, il prit l'enfant dans ses bras et s'échappa, poursuivi par vous et vos gens, meute furieuse, qui mena la proie haletante à travers le vieux Londres, et l'atteignit dans le carrefour le plus perdu et le plus sombre de la Vieille-Monnaie...

JACK.

C'est très-intéressant!... n'en perdons pas un mot.

SIR ROWLAND, se levant et passant à gauche.

Ah! je vous connais à présent : vous êtes l'homme qui a guidé mon bras... Je vengeais ma sœur, séduite, déshonorée; le reste n'est qu'un roman; et, d'ailleurs, le père est mort, l'enfant doit l'être aussi... (Regardant fixement Jonathan.) Que venez-vous me demander?

JONATHAN, qui s'est levé.

Rien, au contraire : vous êtes à la tête des jacobites d'É-cosse, il vous faut de grandes ressources, et je viens mettre à la disposition de votre parti des sommes très-importantes.

SIR ROWLAND.

Que parlez-vous de jacobites?... Ne suis-je pas l'un des plus fidèles amis de sir Walpole, le premier ministre du roi Georges.

JONATHAN.

Eh bien?... Si l'on ne trahissait pas un peu ses amis, qui trahirait-on?...

SIR ROWLAND.

Monsieur...

JONATHAN.

Nierez-vous que vous ayez reçu du continent quarante mille livres sterling?... que dans trois jours, vous les enverrez en Écosse... et qu'un partisan du chevalier de Saint-Georges soit en route pour venir les prendre?

JACK.

C'est une conspiration contre l'État.

JONATHAN.

Mais cette somme ne vous suffit pas, je le sais, et je viens en mettre d'immenses à votre disposition. Acceptez-vous?...

SIR ROWLAND.

Vos conditions?...

JONATHAN.

Votre Grâce me donnera le quart de ces sommes... Ai-je votre parole?

SIR ROWLAND.

Oui, s'il s'agit de biens légitimement acquis.

JONATHAN.

Quoi de plus légitime qu'un héritage?...

SIR ROWLAND.

Un héritage?...

JONATHAN.

Je vous apporte, milord, toute la fortune de miss Aliva, votre sœur.

SIR ROWLAND.

Mais cet héritage est à moi... il m'appartient, je le possède.

JONATHAN.

Vous n'avez rien, et vous ne possédez rien.

SIR ROWLAND.

Et à qui, je vous prie, appartiendrait cette fortune?...

JONATHAN.

A l'héritier légitime, à l'enfant issu d'un mariage secret, mais légal!

SIR ROWLAND.

Et cet enfant?...

JONATHAN.

Cet enfant existe, je le connais.

JACK, à part.

C'est Tamise!...

SIR ROWLAND.

Il existe!...

JONATHAN.

Il est ici... Vous allez le voir, vous le reconnaîtrez facile-ment, et... vous l'aurez vu pour la dernière fois.

JACK, à part.

Oh! le misérable!

SIR ROWLAND.

Pour la dernière fois, avez-vous dit? Quel est votre projet, monsieur?

JONATHAN.

Mais, sir Rowland, on n'hérite que des morts...

SIR ROWLAND.

Et vous voulez...

JONATHAN.

Je lui ai donné rendez-vous ici, dans ce pavillon, situé à l'extrémité de votre parc. Il doit venir ce soir... et... lorsque vous l'aurez vu... j'ai quelques amis qui l'attendent au détour d'une allée...

SIR ROWLAND.

Un meurtre!... Jamais, jamais, monsieur... je le défends.

JONATHAN, avec ironie.

J'attendrai... les ordres... de milord...

JACK, à part.

C'est-à-dire qu'il le tuera quand même... Comment le sauver?...

SIR ROWLAND.

Qui me prouvera que ce jeune homme est bien le fils de ma sœur?... A quoi le reconnaîtrai-je?...

JONATHAN.

A sa parfaite ressemblance avec le portrait de son père. Ce portrait, vous l'avez trouvé sur le cœur de votre sœur expirée.

JACK.

Oh! le portrait!

SIR ROWLAND.

Ce portrait est là, sur ma table. (Regardant.) Disparu!... Que signifie?... (Il sonne, Davies paraît. Jack se cache précipitamment.) Davies... qu'est donc devenu le médaillon qui était là?...

(Il montre la table.)

DAVIES.

Milord, nous nous sommes aperçus ce matin de sa dispa-rition; nous avons fait de vaines recherches, et l'un de nous s'est rappelé qu'il n'était entré ici qu'un jeune homme, un ou-vrier menuisier. Nous avons aussitôt couru dans Wych-Street, chez maître Owen Wood, qui est son patron et constable du quartier. Cet apprenti venait de s'échapper, car Owen Wood avait voulu lui-même l'arrêter, et il a tenu à nous suivre jusqu'ici avec des policemen pour recevoir nos dépositions et prêter main-forte à milord.

JACK, se montrant.

Un constable, des hommes de police... C'est mon affaire... Il est sauvé.

SCÈNE IV

LES MÊMES, WOOD et les AGENTS du tableau précédent, puis JACK.

WOOD.

Milord... nous sommes tout à votre disposition... C'est que, voyez-vous, j'ai affaire à un petit gueux... auquel il faut deux ou trois bonnes années dans une maison de correction... et c'est moi, Owen Wood...

JACK, paraissant tout à coup.

Père Wood, vous criez trop fort...

JONATHAN, à part.

Lui!

JACK.

Mistress Wood n'aime pas ça.

DAVIES.

Milord, mais le voilà.

WOOD.

Quelle audace!

JONATHAN.

Que vient-il faire ici?

JACK.

Milord, je demande pour toute justification qu'on fasse paraître mon camarade Tamise. (Regardant Jonathan.) Il est ici.

JONATHAN, à part.

Le petit loup me tend quelque piége...

(Sir Rowland a fait un signe à Davies; on amène Tamise.)

SCÈNE V

LES MÊMES, TAMISE, Domestiques au fond.

WOOD.

Que fais-tu donc ici, mon garçon?

SIR ROWLAND.

Quelle ressemblance!... (Il s'approche de lui comme poussé par un mouvement supérieur à sa volonté.) Votre nom, votre nom?...

TAMISE.

Tamise Darrel.

WOOD.

Élevé par moi, sauvé par moi, quand il n'était qu'un enfant, et dans quelle nuit, grand Dieu!

SIR ROWLAND.

Votre père s'appelait Darrel?

WOOD.

C'est le nom que ce malheureux m'a dit un instant avant de tomber sous les coups de son assassin.

(Rowland tressaille.)

SIR ROWLAND.

Assassin! qui vous a dit cela?... Je croyais avoir entendu parler d'un duel...

WOOD.

Un duel!... En effet, c'était un... (Ils se regardent.) Ah! mon Dieu! lui!...

Qu'avez-vous?

TAMISE, à Wood.

WOOD.

Rien, rien.

JONATHAN, bas, à sir Rowland.

Eh bien, hésitez-vous encore?

SIR ROWLAND, bas.

Mais il ne sait rien de sa naissance.

JONATHAN.

Mais il peut en découvrir le secret.

JACK, à part.

Ils se consultent...

SIR ROWLAND, bas.

J'aime mieux la ruine, monsieur.

JONATHAN, s'éloigne de lui, et à part.

Et moi, j'aime mieux sa mort...

(Il s'approche de la fenêtre, par laquelle il jette son mouchoir.)

JACK.

Un signal... Si Tamise sort d'ici, il est perdu... si je préviens monsieur Wood, on ne me croira pas... Eh bien... au plus pressé... je vais lui donner une escorte qui saura le protéger...

(Sir Rowland fait un geste à Wood en lui montrant Jack.)

WOOD.

Qu'on s'empare de lui!

JACK.

Un instant, milord : on m'accuse d'avoir pris un médaillon, soit; mais je ne suis pas seul coupable... J'ai un complice, et ce complice, le voilà...

(Mouvement général.)

TAMISE.

Malheureux, que dis-tu?

JACK.

Qu'on le fouille!

TAMISE.

Non, non, je ne veux pas.

WOOD, à Jack.

Misérable!... tu oses accuser Tamise!... Mais tu sais bien que c'est toi qui es venu ici, et non pas lui!...

(Mouvement de Davies vers Tamise.)

TAMISE.

Je ne veux pas qu'on me fouille... Ce médaillon... le voici... (Davies le remet à sir Rowland.) Mais toi, Jack, dis-leur donc la vérité...

JACK, à part.

Pauvre Tamise!... (Haut.) Je disais vrai, vous le voyez, milord!... Qu'on nous arrête... qu'on nous arrête tous les deux... et qu'on nous garde bien à vue, car nous sommes coupables l'un et l'autre.

TAMISE.

Il ment!... il ment!... Écoutez... je suis innocent!... je vais vous dire la vérité... Jack... mais parle donc... Ah! mon Dieu! mon Dieu!...

(Il est suffoqué par les larmes.)

JACK, bas à Wood.

Si vous tenez à Tamise, si vous tenez à sa vie... il faut vous taire et l'emmener en prison.

JONATHAN.

Tout cela s'expliquera, monsieur Wood, laissez ce garçon libre, le bijou est retrouvé, cela suffit.

JACK.

Libre!... tu veux qu'il soit libre, Jonathan Wild, et moi je ne le veux pas, entends-tu?

JONATHAN, à part.

Il m'a deviné!

WOOD, après avoir jeté un regard sur tout le monde, et comme subjugué par le geste et le regard de Jack.

Mon pauvre Tamise, je ne connais que mon devoir. Au nom de la loi, je t'arrête!

JONATHAN, bas.

Nous nous reverrons, Jack Sheppard.

JACK, bas.

Quand ta seigneurie le voudra, Jonathan Wild... (Haut.) Partons, messieurs, partons!...

(Le rideau baisse.)

ACTE III

Quatrième Tableau.

LA TAVERNE DE LA PIE BORGNE

Portes au fond et de chaque côté, tables, escabeaux. A gauche, au premier plan, une trappe de cave.

SCÈNE PREMIÈRE

WOOD, BLUSKINE, FIGG, QUATRE-MAINS, KETTLEBY, QUATRE-JAMBES, ET AUTRES CHEVALIERS DU BROUILLARD, SERVANTES, puis JACK.

VOIX. Tout ceci se dit au milieu de rires et de huées.

Qu'il parle!... Mais non!... qu'il s'en aille!... Si, qu'il reste!... il est amusant...

QUATRE-MAINS.

Trinque, ou l'on te retire la parole.

WOOD.

Gentlemen... c'est un honneur... certainement... c'est beaucoup d'honneur!...

KETTLEBY, lui donnant une tape sur l'épaule.

Allons! fais comme nous!... Je bois à ta santé!... (Wood trinque et boit.)

WOOD.

Je disais donc, honorables gentlemen... (Cris, huées.)

BLUSKINE, à la droite de Wood.

Silence!... Je m'honore d'être un des meilleurs amis du respectable monsieur Wood... n'est-il pas vrai, respectable monsieur Wood? Nous sommes de vieilles connaissances, eh!... eh!... nous n'avons pas de secret pour ce cher ami Bluskine... A présent, il cache son petit argent dans sa cave, ce bon père Wood.

WOOD.

Comment, vous savez ça?

BLUSKINE.

Dans une vieille futaille.

WOOD.

Mais c'est ma mort que ce Bluskine... Monsieur... je vous somme...

BLUSKINE, avec gravité.

Assez... l'assemblée vous écoute. Faites votre déposition... (Avec importance.) Nous voulons bien oublier que vous êtes constable.

WOOD.

Ce que je vais vous dire, messieurs, s'est passé hier à la prison de Saint-Gilles, je...

FIGG, l'interrompant.

Pardon. Il n'y a plus rien à boire sur les tables...

WOOD.

Comment, encore plus rien!

QUATRE-JAMBES.

Faut-il donner des ordres de votre part?

WOOD.

Mais c'est la quatorzième fois que vous donnez des ordres de ma part!

FIGG.

Holà! Magott!... Betty!... Mary!... (Les servantes vont et viennent et servent à boire. Figg, remettant son pot à une servante et lui en prenant un qui est plein.) Changeons de pot.

WOOD, reprenant.

Je disais donc que, hier, à la prison de Saint-Gilles... un acte monstrueux... inouï!... a été commis à l'égard de mistriss Wood, mon épouse.

BLUSKINE.

Ah! monsieur Wood, arrêtez! A l'égard de votre épouse?... si cela devait faire rougir ces innocentes filles d'auberge...

WOOD.

Hier donc, madame Wood se rendait à la prison de Saint-

Gilles, où, comme je vous l'ai dit, mes deux apprentis sont détenus... Après une visite à Tamise, dont les larmes prouvaient assez l'innocence... elle se fit ouvrir la cellule de l'autre... du petit scélérat, de ce bandit en herbe, digne fils de son père, votre trop fameux Tom Sheppard. (Tous les bandits se découvrent en silence. Wood, se méprenant.) Messieurs, je suis bien le vôtre!... Élodie...

KETTLEBY.

Qu'est-ce que c'est qu'Élodie?...

WOOD.

Élodie... c'est le petit nom de madame Wood...

FIGG, qui prend part au récit.

J'adore les petits noms.

WOOD, reprenant.

Élodie espérait obtenir enfin la vérité de la bouche de Jack, et l'exciter à des aveux qui devaient sauver un innocent.

BLUSKINE.

Continuez... c'est palpitant d'intérêt.

WOOD.

Le guichetier, un instant après, reconduit la visiteuse à la porte de la prison; mais à peine l'a-t-il refermée sur elle que des cris déchirants se font entendre: on court, on se précipite vers la cellule de Jack, d'où partaient ces cris... et qu'est-ce qu'on trouve?... madame Wood, les cheveux épars, venant d'arracher le mouchoir qui, d'abord, étouffait sa voix, et, vous le dirai-je enfin, dépouillée de ses principaux vêtements... (Tous font un mouvement et se cachent la figure.) L'infâme Sheppard venait de s'enfuir sous les habits de ma femme... (On rit et on applaudit de toutes parts.)

TOUS, entourant Wood.

Bravo! bravo, Sheppard!

JACK, entrant, vêtu en femme, et arpentant la scène à grands pas, comme ferait un homme.

Merci!... ils pensent à moi...

(Il marche toujours. Les rires recommencent.)

WOOD, cherchant de nouveau à se faire entendre.

Vous riez, messieurs... mais ce n'est pas seulement un attentat sur la personne de ma femme qu'a commis ce misérable...

JACK, à part.

Monsieur Wood... Diable! écoutons...

WOOD.

Il s'est aussi rendu coupable d'un vol... car pour se déguiser, il lui suffisait de la jupe et des coiffes; mais les bijoux, mais la montre, mais le collier d'Élodie...

FIGG.

Ça, ça n'est pas délicat.

WOOD.

Plus, deux cents guinées, fruit de nos épargnes, et dont nous voulions faire le sacrifice pour la caution de Tamise; le monstre a tout pris, il a tout emporté!... et le malheureux Tamise va rester en prison.

JACK, qui a passé à droite, à part.

J'y compte bien!

TOUS.

Hurrah! hurrah pour Jack!

FIGG, apercevant Jack et voulant lui prendre le menton.

Oh! la belle fille!...

JACK, lui donnant un soufflet et passant à gauche.

Tiens!...

BLUSKINE, l'arrêtant, bas.

Jack... toi... ici...

JACK.

Chut!...

(Il disparaît. Les vivat recommencent.)

WOOD.

Vous criez vivat!... Mais considérez donc, honorables bandits, qu'il a volé l'argent destiné à servir de caution et à rendre la liberté à un malheureux détenu... et cela, si je ne me trompe, est sévèrement puni par vos règlements... Je viens ici pour parler à votre chef!...

(Jonathan paraît.)

SCÈNE II

LES MÊMES, JONATHAN.

JONATHAN.

Me voici, cher monsieur Wood... je sais tout, je viens de chez sir Rowland, cause indirecte de cette arrestation, et qui, bon et généreux, a hâté de voir lui-même ce pauvre Tamise rendu à la liberté.

JACK, à part.

Que veut-il dire?

JONATHAN, continuant.

Je vous apporte deux cents guinées qu'il m'a chargé de vous remettre pour cette bonne œuvre. Allez! dépêchez-vous, car, vous le savez, les formalités sont longues, et ce n'est pas avant trois jours que nous aurons le bonheur de revoir ce jeune homme auquel sir Rowland et moi nous portons le plus grand intérêt... Hâtez-vous, car dans trois jours nous voulons qu'il soit libre...

JACK, à part.

Oui, pour réaliser l'infâme projet que j'ai pu déjouer une fois... Oh! le misérable!...

FIGG, avec intérêt.

Qu'avez-vous, ma belle enfant?... (Jack lui tourne le dos et disparaît un instant.) C'est une fille superbe... Je tâcherai de lui dire deux mots.

BLUSKINE, à la gauche de Wood, qui met les billets dans sa poche. Bluskine, cherchant à prendre les billets, se trouve la main prise par celle de Wood.

Ces messieurs, dont je suis l'organe, désirent vous reconduire eux-mêmes jusqu'aux limites de la Vieille-Monnaie... (Wood se confond en salutations.) Je vous préviens seulement, cher monsieur Wood, que d'ici là, nous avons dix-sept tavernes.

KETTLEBY.

Et qu'il fait aujourd'hui une forte chaleur!...

BLUSKINE.

Allons, en route, et rendons à monsieur Wood les honneurs qui lui sont dus.

(On l'entoure de soins et d'égards.)

WOOD, pendant ce jeu de scène.

Vous les entendez, monsieur Jonathan, la chaleur dont ils parlent pourrait bien faire fondre une bonne partie de mes guinées.

JONATHAN.

Et elles doivent rester intactes, c'est vrai, monsieur Wood; venez, je vous accompagnerai.

TOUS, en sortant.

Place, place à monsieur Wood!...

SCÈNE III

JACK, revenant, il se promène à grands pas.

Trois jours!... dans trois jours, il sera libre!... c'est-à-dire, il sera perdu!... Que faire?... à qui m'adresser? qui pourra me croire?... Je ne suis plus qu'un misérable... Étrange fatalité du crime, me voilà entraîné par ce courant terrible... où me mènera-t-il? Eh! qu'importe? Songeons d'abord à sauver Tamise... ce sera toujours une bonne action... Trois jours!... (Il réfléchit.) Mais j'y pense... si de tous ces assassins à la solde de Jonathan, je faisais des défenseurs à Tamise?... Ils reconnaissent leur chef... ils lui obéissent aveuglément... eh bien! soyons ce maître!... renversons Jonathan, et avant trois jours, soyons roi de la Cité de refuge... Roi!... ô mon rêve!... roi!... (Il s'assied à droite.) Oui mais comment y parvenir?

(Il reste absorbé dans ses pensées.)

SCÈNE IV

JACK, FIGG.

FIGG, entrant à pas de loup par le fond.

Ce que j'ai reçu sur la joue m'a répondu au cœur... une femme qui a des opinions aussi énergiques a droit à tous mes égards... Allons, Figg... mon ami Figg... développez les avantages que vous devez à la nature... (Élevant la voix.) Hé! la fille!...

JACK, levant la tête, à part.

Tiens! c'est cet imbécile... (Se levant et allant à Figg.) Que faut-il vous servir?

FIGG.

Un panier de scotch-ale et deux gobelets... (A part.) Faisons des folies...

JACK, le servant à la table de gauche.

Vous attendez quelqu'un?...

FIGG, avec finesse.

Oui... quelqu'un qui n'est pas loin et qui s'appelle... Comment t'appelles-tu? dis-moi ton petit nom, petite?

JACK, qui le regarde attentivement.

Tiens! je crois vous reconnaître, vous.

FIGG, montrant sa joue.

Oui, c'est moi qui suis Figg! le petit Figg... le joli Figg, et à qui tout à l'heure vous avez parlé avec le revers de cette jolie menotte.

JACK.

Chut! ne touchons pas. Vous êtes un des amis de Jonathan, je crois?

FIGG.

Son confident le plus intime.

JACK.

Ah!... (Il prend un des deux gobelets qu'il a remplis.) A votre santé, mon maître.

FIGG, étonné.

Ah! comme elle boit!... elle boit... comme un homme!... elle m'a jeté un regard... Heureux Figg!...

JACK, assis, le regardant en riant.

Vous avez l'air d'un scélérat, vous!

FIGG.

Oui, oui... bien des femmes me l'ont dit déjà.

JACK.

Je connais votre réputation... on vous dit dangereux.

FIGG.

Oui, pour les belles.

JACK.

Et que faites-vous donc pour cela, beau séducteur?

FIGG, s'asseyant.

D'abord, (il montre sa figure) il y a ceci... mon physique, et puis, une générosité sans bornes. Quand une femme me plaît, comme toi, par exemple, je lui dis... Dis-moi donc ton petit nom?

JACK.

A votre santé.

(Ils trinquent, Jack boit.)

FIGG, s'animant.

Elle est charmante!... Eh bien, oui, si tu voulais, je te couvrirais d'or, de bijoux, de diamants; mais pas aujourd'hui, demain.

JACK, à part.

Que veut-il dire? (Haut.) Demain!... pourquoi demain?

FIGG.

Ceci n'est pas mon secret.

JACK, minaudant, se lève et en passant à droite.

Ah!... déjà des mystères?... et vous vous dites amoureux.

FIGG.

Comme un ramier au mois de mai. Si tu veux, demain, je t'achèterai le parc de Saint-James.

JACK.

Ah bah! j'aimerais mieux aujourd'hui.

FIGG.

Aujourd'hui... je ne peux pas, ça n'est que pour cette nuit. (Il veut lui baiser la main, Jack lui donne un soufflet. A part.) Tout ça, pour ma figure!

JACK, remontant.

Je ne crois pas au lendemain : bonsoir.

FIGG, le rattrapant.

Non, ne t'en va pas... Écoute donc... puisque je te dis... je te jure, ma belle... Dis-moi donc ton petit nom?...

JACK.

Laissez-moi, vous n'êtes qu'un enjôleur.

FIGG.

Mais non, je te dis... que cette nuit... avec Jonathan, aussi vrai que tu me fusilles de tes deux grands coquins d'yeux noirs, il nous tombe... un million cette nuit... là... es-tu contente?...

JACK, vivement, en passant à gauche.

Un million! (Haut.) Tu dis que c'est pour cette nuit?

FIGG.

Oui.

JACK.

Un million! (A part.) Les quarante mille livres sterling... dont parlait hier Jonathan. (Haut, en revenant à droite.) Un million?

FIGG.

Oui... c'est-à-dire... non... tu ne peux pas comprendre ça...

JACK, avec autorité.

Et moi, je veux comprendre!

FIGG.

Ah! voilà bien les femmes!... (Jack le saisit par le bras.) Elle est très-forte!

JACK.

Voyons, explique-toi!... parle!... (On entend du bruit en dehors.) On vient!... (A part.) Oh! il faudra bien qu'il s'explique... (L'entraînant avec force.) Viens!

FIGG.

Elle est charmante!

(Ils sortent par la droite.)

SCÈNE V

JONATHAN, BLUSKINE, QUATRE-MAINS, QUATRE JAMBES, KETTLEBY et autres Chevaliers.

JONATHAN.

Oui, ma royauté touche à son terme, et pour me continuer ce pouvoir, vous me demandez de nouveaux gages... une entreprise hardie! Eh bien! je veux me signaler par un coup d'une audace à étonner l'Angleterre... Pour me seconder, je vous ai choisis, vous les dix plus hardis compagnons de la Vieille-Monnaie... Il s'agit d'un million, puis-je compter sur vous?...

TOUS.

Oui! oui! oui!

BLUSKINE.

Pourvu que ce ne soit pas comme la nuit dernière, un attrape-nigaud.

KETTLEBY.

Nous étions là une douzaine à attendre qu'il nous tombât du ciel les cent guinées promises.

BLUSKINE.

Et il ne nous est tombé que de l'eau.

(Murmures.)

JONATHAN.

Allons, vous grognez encore, au moment où nous allons avoir de quoi paver la Vieille-Monnaie de guinées à l'effigie des Stuarts... Tenez! (il tire des papiers de sa poche) voilà les renseignements précis que j'ai su me procurer; ma visite, hier soir, chez sir Rowland n'a pas été stérile... voyez plutôt... toutes les indications; le lieu, l'heure de l'arrivée... Un homme tout à fait inconnu, un gentilhomme montagnard de la haute Écosse, sir Edouard Morton, qui débarque demain à Greenwich... où l'attendront sir Rowland et ses amis... et que nous arrêterons au passage, dès qu'il aura touché les quarante mille livres sterling. Voilà un homme qui pourra disparaître sans que personne s'en inquiète. Affaire sûre, vous dis-je... Que chacun de vous examine cette correspondance et se prononce ensuite. (Chaque homme examine en silence les papiers qu'il leur remet.) Voyons, Bluskine, je compte sur toi comme sur eux... mille guinées pour ta part, est-ce dit?...

BLUSKINE.

Autant pour chacun de nos hommes?

JONATHAN.

Oui!

(Ils se consultent; quelques-uns se placent à la table de droite.)

SCÈNE VI

LES MÊMES, JACK.

JACK, reparaissant avec le costume de Figg.

J'ai essayé sur Figg le coup de poing de Bluskine... Il ne me dérangera pas!

TAMISE.

Je te suis!

JACK.

Adieu, ma mère...

Ils s'élancent tous deux par la gauche. Un mouvement rapide se fait parmi les soldats, mais ils sont arrêtés par un cri d'effroi de la masse.)

JONATHAN.

Qu'on le poursuive, et, mort ou vif, qu'on s'en empare!...

(Jack paraît au fond, sur une poutre, suivi de Tamise.)

MISTRESS SHEPPARD, avec tous les signes de la démence.

La destinée!!!

(Tableau. — Rideau.)

ACTE IV

Septième Tableau.

LA FOLIE

Un intérieur dans une petite maison de campagne au bord de la Tamise, une chambre simplement meublée; au fond, une croisée. Porte de chaque côté. A gauche, une table, chaises.

SCÈNE PREMIÈRE

TAMISE, CÉCILY. Ils entrent par la droite.

CÉCILY.

Tamise! mon cher Tamise! depuis deux ans, n'avoir pas donné de vos nouvelles.

TAMISE.

Pardonne-moi, Cécily, j'étais à Paris. Une recommandation de monsieur Wood a suffi auprès d'un de ses amis de France pour me faire faire mon chemin. Aujourd'hui, j'ai un état, une position, presque de la fortune... il ne me manque plus qu'un nom que je puisse t'offrir... et je reviens en Angleterre pour le trouver. Une lettre de Jack Sheppard vient de me rappeler rapidement à Londres.

CÉCILY.

Jack Sheppard! une lettre de lui! mais il est emprisonné à Newgate.

TAMISE.

C'est en effet ce qu'il me dit. Mais il ajoute qu'aujourd'hui, ce soir, à huit heures, je le trouverai ici, et qu'il me remettra tous les papiers qui intéressent ma naissance.

CÉCILY.

Lui! ici!

TAMISE.

Vous frissonnez! je devine... ce nom est devenu célèbre.

CÉCILY.

Oui, depuis deux ans, Jack, l'ami, le compagnon de notre enfance, est devenu un objet de terreur pour les habitants de Londres... une cause de douleur pour nous; et sa mère, frappée de désespoir et de honte, est tombée dans des accès de démence qui deviennent chaque jour plus fréquents.

TAMISE.

Je sais que vous veillez sur elle, Cécily, comme vous avez veillé sur cette mère que vous avez perdue.

CÉCILY.

Oui, mon père a voulu me la confier... et j'habite ici avec elle, dans cette petite maison, aux portes de Londres. Mais je ne suis pas seule pour accomplir ce pieux devoir... Tom est auprès d'elle.

TAMISE.

Tom?... Qu'est-ce que c'est que Tom?...

CÉCILY.

C'est un malheureux nègre que mon père a trouvé mourant de faim à la porte de cette maison, qu'il a secouru, et qui, depuis ce jour, n'a plus voulu s'en aller... Il n'a jamais pu comprendre que l'hospitalité qu'on lui avait donnée ne fût que temporaire, il s'est établi ici comme chez lui... et il s'est fait notre serviteur, notre esclave même... C'est lui qui fait tous les achats de la maison, et avec quelle économie, quelle intelligence! Moi, qui ne m'étais jamais occupée de cela quand vivait ma pauvre mère, je serais bien embarrassée sans lui... je ne sais le prix d'aucune chose... mais tout ce qu'il achète, lui, me paraît toujours si bon marché, qu'il me serait bien impossible de l'avoir à ce prix.

BLUSKINE, en dehors.

Petite maîtresse! Il qu'est pas là?

TAMISE.

Le voici...

SCÈNE II

LES MÊMES, BLUSKINE en nègre, il porte un panier de provisions.

BLUSKINE.

Eh! eh! bonjour, petite maîtresse à moi... moi qu'a véni du marché.

TAMISE.

En ce cas, je vous laisse faire vos comptes. Je vais embrasser cette pauvre mistress Sheppard.

CÉCILY.

Oui, c'est cela, à tout à l'heure.

TAMISE.

Et comme j'ai au moins deux grandes heures devant moi, nous courrons dans Wych-street serrer la main de ce brave père Wood.

CÉCILY.

Oui, à bientôt. (Tamise sort par la gauche. A Bluskine.) Eh bien, qu'as-tu acheté avec les trois shellings que je t'ai donnés pour aller au marché?

BLUSKINE.

Moi qu'a acheté petit faisan doré.

CÉCILY.

Un faisan!...

BLUSKINE.

Moi, qu'a pris faisan parce que poulet trop cher aujourd'hui, mais petit faisan pour rien...

CÉCILY.

Vraiment! moi qui croyais que cela coûtait vingt shellings au moins.

BLUSKINE, riant.

Faisan! faisan! vingt shellings! ah! ah! ah!... faisan ordinaire, deux shellings; faisan doré, un shelling.

CÉCILY.

C'est étonnant. Après?...

BLUSKINE.

Après?... moi qu'a acheté mouton, pudding, rosbif, turbot, homard.

CÉCILY.

Tant de choses! et avec quel argent?...

BLUSKINE.

Argent!... oh! moi qu'a pas triché maîtresse; moi qu'a dépensé deux shellings et demi et rapporté le reste.

(Il lui donne de l'argent.)

CÉCILY.

Comment! je t'ai donné trois shellings...

BLUSKINE.

Oui.

CÉCILY.

Tu en as dépensé deux et demi...

BLUSKINE.

Oh! deux et demi... moi jurer!

CÉCILY.

Et tu m'en rapportes quatre.

BLUSKINE.

Ça qu'est pas compté à vous, maîtresse?... Ah! méchant marchande, voleuse, filoute, (pleurant) elle tromper malheureux vieux nègre... ah! ah! ah!...

CÉCILY.

Mais ce n'est pas cela, il y a trop, te dis-je, tu me rapportes plus que je ne t'ai donné.

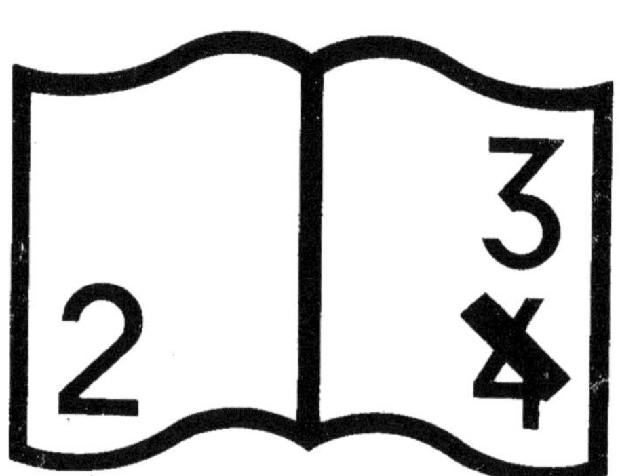

Pagination incorrecte — date incorrecte

NF Z 43-120-12

FIGG.

Un panier de scotch-ale et deux gobelets... (A part.) Faisons des folies...

JACK, le servant à la table de gauche.

Vous attendez quelqu'un?...

FIGG, avec finesse.

Oui... quelqu'un qui n'est pas loin et qui s'appelle... Comment t'appelles-tu? dis-moi ton petit nom, petite?

JACK, qui le regarde attentivement.

Tiens! je crois vous reconnaître, vous.

FIGG, montrant sa joue.

Oui, c'est moi qui suis Figg! le petit Figg... le joli Figg, et à qui tout à l'heure vous avez parlé avec le revers de cette jolie menotte.

JACK.

Chut! ne touchons pas. Vous êtes un des amis de Jonathan, je crois?

FIGG.

Son confident le plus intime.

JACK.

Ah!... (il prend un des deux gobelets qu'il a remplis.) A votre santé, mon maître.

FIGG, étonné.

Ah! comme elle boit!... elle boit... comme un homme!... elle m'a jeté un regard... Heureux Figg!...

JACK, assis, le regardant en riant.

Vous avez l'air d'un scélérat, vous!

FIGG.

Oui, oui... bien des femmes me l'ont dit déjà.

JACK.

Je connais votre réputation... on vous dit dangereux.

FIGG.

Oui, pour les belles.

JACK.

Et que faites-vous donc pour cela, beau séducteur?

FIGG, s'asseyant.

D'abord, (il montre sa figure) il y a ceci... mon physique, et puis, une générosité sans bornes. Quand une femme me plaît, comme toi, par exemple, je lui dis... Dis-moi donc ton petit nom?

JACK.

A votre santé.

(Ils trinquent, Jack boit.)

FIGG, s'animant.

Elle est charmante!... Eh bien, oui, si tu voulais, je te couvrirais d'or, de bijoux, de diamants; mais pas aujourd'hui, demain.

JACK, à part.

Que veut-il dire? (Haut.) Demain!... pourquoi demain?

FIGG.

Ceci n'est pas mon secret.

JACK, minaudant, se lève et en passant à droite.

Ah!... déjà des mystères?... et vous vous dites amoureux.

FIGG.

Comme un ramier au mois de mai. Si tu veux, demain, je t'achèterai le parc de Saint-James.

JACK.

Ah bah! j'aimerais mieux aujourd'hui.

FIGG.

Aujourd'hui... je ne peux pas, ça n'est que pour cette nuit. (Il veut lui baiser la main, Jack lui donne un soufflet. A part.) Tout ça, pour ma figure!

JACK, remontant.

Je ne crois pas au lendemain : bonsoir.

FIGG, le rattrapant.

Non, ne t'en va pas... Écoute donc... puisque je te dis... je te jure, ma belle... Dis-moi donc ton petit nom?...

JACK.

Laissez-moi, vous n'êtes qu'un enjôleur.

FIGG.

Mais non, je te dis... que cette nuit... avec Jonathan, aussi vrai que je me fusilles de tes deux grands coquins d'yeux noirs, il nous tombe... un million cette nuit...là... es-tu contente?...

JACK, vivement, en passant à gauche.

Un million! (haut.) Tu dis que c'est pour cette nuit?

FIGG.

Oui.

JACK.

Un million! (A part.) Les quarante mille livres sterling... dont parlait hier Jonathan. (haut, en revenant à droite.) Un million?

FIGG.

Oui... c'est-à-dire... non... tu ne peux pas comprendre ça...

JACK, avec autorité.

Et moi, je veux comprendre!

FIGG.

Ah! voilà bien les femmes!... (Jack le saisit par le bras.) Elle est très-forte!

JACK.

Voyons, explique-toi!... parle!... (On entend du bruit au dehors.) On vient!... (A part.) Oh! il faudra bien qu'il s'explique... (L'entraînant avec force.) Viens!

FIGG.

Elle est charmante!

(Ils sortent par la droite.)

SCÈNE V

JONATHAN, BLUSKINE, QUATRE-MAINS, QUATRE JAMBES, KETTLEBY ET AUTRES CHEVALIERS.

JONATHAN.

Oui, ma royauté touche à son terme, et pour me continuer ce pouvoir, vous me demandez de nouveaux gages... une entreprise hardie! Eh bien! je veux me signaler par un coup d'une audace à étonner l'Angleterre... Pour me seconder, je vous ai choisis, vous les dix plus hardis compagnons de la Vieille-Monnaie... Il s'agit d'un million, puis-je compter sur vous?...

TOUS.

Oui! oui! oui!

BLUSKINE.

Pourvu que ce ne soit pas comme la nuit dernière, un attrape-nigaud.

KETTLEBY.

Nous étions là une douzaine à attendre qu'il nous tombât du ciel les cent guinées promises.

BLUSKINE.

Et il ne nous est tombé que de l'eau.

(Murmures.)

JONATHAN.

Allons, vous grognez encore, au moment où nous allons avoir de quoi paver la Vieille-Monnaie de guinées à l'effigie des Stuarts... Tenez! (il tire des papiers de sa poche) voilà les renseignements précis que j'ai su me procurer; ma visite, hier soir, chez sir Rowland n'a pas été stérile... voyez plutôt... toutes les indications; le lieu, l'heure de l'arrivée... Un homme tout à fait inconnu, un gentilhomme montagnard de la haute Écosse, sir Edouard Morton, qui débarque demain à Greenwich... où l'attendront sir Rowland et ses amis... et que nous arrêterons au passage, dès qu'il aura touché les quarante mille livres sterling. Voilà un homme qui pourra disparaître sans que personne s'en inquiète. Affaire sûre, vous dis-je... Que chacun de vous examine cette correspondance et se prononce ensuite. (Chaque homme examine en silence les papiers qu'il leur remet.) Voyons, Bluskine, je compte sur toi comme sur eux... mille guinées pour ta part, est-ce dit?...

BLUSKINE.

Autant pour chacun de nos hommes?

JONATHAN.

Oui!

(Ils se consultent; quelques-uns se placent à la table de droite.)

SCÈNE VI

LES MÊMES, JACK.

JACK, reparaissant avec le costume de Figg.

J'ai essayé sur Figg le coup de poing de Bluskine... Il ne me dérangera pas!

TAMISE.

Je te suis!

JACK.

Adieu, ma mère...

Ils s'élancent tous deux par la gauche. Un mouvement rapide se fait parmi les soldats, mais ils sont arrêtés par un cri d'effroi de la masse.)

JONATHAN.

Qu'on le poursuive, et, mort ou vif, qu'on s'en empare!...
(Jack paraît au fond, sur une poutre, suivi de Tamise.)

MISTRESS SHEPPARD, avec tous les signes de la démence.

La destinée!!!

(Tableau. — Rideau.)

ACTE IV

Septième Tableau.

LA FOLIE

Un intérieur dans une petite maison de campagne au bord de la Tamise, une chambre simplement meublée; au fond, une croisée. Porte de chaque côté. A gauche, une table, chaises.

SCÈNE PREMIÈRE

TAMISE, CÉCILY. Ils entrent par la droite.

CÉCILY.

Tamise! mon cher Tamise! depuis deux ans, n'avoir pas donné de vos nouvelles.

TAMISE.

Pardonne-moi, Cécily, j'étais à Paris. Une recommandation de monsieur Wood a suffi auprès d'un de ses amis de France pour me faire faire mon chemin. Aujourd'hui, j'ai un état, une position, presque de la fortune... il ne me manque plus qu'un nom que je puisse t'offrir... et je reviens en Angleterre pour le trouver. Une lettre de Jack Sheppard vient de me rappeler rapidement à Londres.

CÉCILY.

Jack Sheppard! une lettre de lui! mais il est emprisonné à Newgate.

TAMISE.

C'est en effet ce qu'il me dit. Mais il ajoute qu'aujourd'hui, ce soir, à huit heures, je le trouverai ici, et qu'il me remettra tous les papiers qui intéressent ma naissance.

CÉCILY.

Lui! ici!

TAMISE.

Vous frissonnez! je devine... ce nom est devenu célèbre.

CÉCILY.

Oui, depuis deux ans, Jack, l'ami, le compagnon de notre enfance, est devenu un objet de terreur pour les habitants de Londres... une cause de douleur pour nous; et sa mère, frappée de désespoir et de honte, est tombée dans des accès de démence qui deviennent chaque jour plus fréquents.

TAMISE.

Je sais que vous veillez sur elle, Cécily, comme vous avez veillé sur cette mère que vous avez perdue.

CÉCILY.

Oui, mon père a voulu me la confier... et j'habite ici avec elle, dans cette petite maison, aux portes de Londres. Mais je ne suis pas seule pour accomplir ce pieux devoir... Tom est auprès d'elle.

TAMISE.

Tom?... Qu'est-ce que c'est que Tom?...

CÉCILY.

C'est un malheureux nègre que mon père a trouvé mourant de faim à la porte de cette maison, qu'il a secouru, et qui, depuis ce jour, n'a plus voulu s'en aller... Il n'a jamais pu comprendre que l'hospitalité qu'on lui avait donnée ne fût que temporaire, il s'est établi ici comme chez lui... et il s'est fait notre serviteur, notre esclave même... C'est lui qui fait tous les achats de la maison, et avec quelle économie, quelle intelligence! Moi, qui ne m'étais jamais occupée de cela quand vivait ma pauvre mère, je serais bien embarrassée sans lui... je ne sais le prix d'aucune chose... mais tout ce qu'il achète, lui, me paraît toujours si bon marché, qu'il me serait bien impossible de l'avoir à ce prix.

BLUSKINE, en dehors.

Petit maîtresse Il qu'est pas là?

TAMISE.

Le voici...

SCÈNE II

LES MÊMES, BLUSKINE en nègre, il porte un panier de provisions.

BLUSKINE.

Eh! eh! bonjour, petite maîtresse à moi... moi qu'a véni du marché.

TAMISE.

En ce cas, je vous laisse faire vos comptes. Je vais embrasser cette pauvre mistress Sheppard.

CÉCILY.

Oui, c'est cela, à tout à l'heure.

TAMISE.

Et comme j'ai au moins deux grandes heures devant moi, nous courrons dans Wych-street serrer la main de ce brave père Wood.

CÉCILY.

Oui, à bientôt. (Tamise sort par la gauche. A Bluskine.) Eh bien, qu'as-tu acheté avec les trois shellings que je t'ai donnés pour aller au marché?

BLUSKINE.

Moi qu'a acheté petit faisan doré.

CÉCILY.

Un faisan!...

BLUSKINE.

Moi, qu'a pris faisan parce que poulet trop cher aujourd'hui, mais petit faisan pour rien...

CÉCILY.

Vraiment! moi qui croyais que cela coûtait vingt shellings au moins.

BLUSKINE, riant.

Faisan! faisan! vingt shellings! ah! ah! ah!... faisan ordinaire, deux shellings; faisan doré, un shelling.

CÉCILY.

C'est étonnant. Après?...

BLUSKINE.

Après?... moi qu'a acheté mouton, pudding, rosbif, turbot, homard.

CÉCILY.

Tant de choses! et avec quel argent?...

BLUSKINE.

Argent!... oh! moi qu'a pas triché maîtresse; moi qu'a dépensé deux shellings et demi et rapporté le reste.
(Il lui donne de l'argent.)

CÉCILY.

Comment! je t'ai donné trois shellings...

BLUSKINE.

Oui.

CÉCILY.

Tu en as dépensé deux et demi...

BLUSKINE.

Oh! deux et demi... moi jurer!

CÉCILY.

Et tu m'en rapportes quatre.

BLUSKINE.

Ça qu'est pas compte à vous, maîtresse?... Ah! méchant marchande, voleuse, filoute, (pleurant) elle tromper malheureux vieux nègre... ah! ah! ah!...

CÉCILY.

Mais ce n'est pas cela, il y a trop, te dis-je, tu me rapportes plus que je ne t'ai donné.

BLUSKINE, riant.

Vous pas souvenez, petite miss, parce que vous pensez à monsieur Tamise; vous qu'a donné sept, moi qu'a dépensé trois pour acheter mouton, turbot, homard, pudding et Rosbif, moi qu'a rapporté quatre, ça qu'est compté bien juste. (Montrant ce qu'il y a dans le panier.) Trois shellings pour tout ça... ça qu'est pas trop cher...

CÉCILY, regardant.

Avec une bouteille de sherrey!...

BLUSKINE.

Sherrey par-dessus le marché.

CÉCILY.

Et des cerises!...

BLUSKINE.

Cerises... par-dessous le marché.

CÉCILY.

Encore!

BLUSKINE.

Moi porter provisions dans cuisine.

CÉCILY.

Tout cela est bien étonnant, Tom.

BLUSKINE.

Bien tonnant!... vous qu'a soupçonné probité moi!... Ah! ah! ça qu'est maison difficile à servir!...

CÉCILY.

Allons, allons, ne te fâche pas, Tom.

SCÈNE III

LES MÊMES, TAMISE.

TAMISE.

Eh bien! êtes-vous prête, Cécily. J'ai frappé chez mistress Sheppard, elle est enfermée, je pense qu'elle dort... j'ai voulu respecter son sommeil...

BLUSKINE.

Oh!

TAMISE.

Tu dis?...

BLUSKINE.

Moi, rien dire.

CÉCILY, qui a pris son chapeau et son mantelet.

Me voilà prête. Comme mon pauvre père va être content de vous voir!...

TAMISE.

Allons, dépêchons-nous; c'est à peine si nous avons le temps. Venez, Cécily.

CÉCILY.

Adieu, Tom... veille bien sur mistress Sheppard.

BLUSKINE.

Oui, massa!

(Ils sortent par la droite.)

SCÈNE IV

BLUSKINE, seul, marchant à grands pas.

Ouf!... assez de nègre comme ça! Ai-je eu du mal à me mettre cette langue-là dans la bouche!... Qu'est-ce que diraient les amis, s'ils voyaient Bluskine, devenu bon nègre!... Bluskine, femme de ménage! Bluskine, faisant danser l'anse du panier à l'inverse! Bluskine, vidant sa poche dans le gousset des autres, lui qui n'avait jamais su que vider le gousset des autres dans sa... Décidément, ça change toutes mes habitudes. C'est Jack Sheppard qui a exigé ça... « Je ne peux pas être auprès de ma mère, qu'il m'a dit, il faut que tu y sois à ma place, que tu veilles sur elle comme je le ferais moi-même... » Et me voilà garde-malade... garde-fou!... je mollis, moi, ici. Ils ont des principes si drôles dans cette maison, que ça renverse toutes mes idées, et je me demande quelquefois si la vie que j'ai menée jusqu'à ce jour, était bien celle d'un honnête homme... J'ai des doutes, je les éclaircirai... Mais qui vient là?...

SCÈNE V

BLUSKINE, JONATHAN.

JONATHAN, entrant par la droite, à part.

Tamise et Cécily viennent de sortir.

BLUSKINE, le reconnaissant.

Jonathan!

(Il se met rapidement à éplucher les légumes.)

JONATHAN, le regardant.

Ah! voici ce nègre qu'ils ont pris à leur service... Que fais-tu là?

BLUSKINE.

Moi, plicher ognons, plicher navets, plicher carottes!

JONATHAN.

Où est mistress Sheppard?

BLUSKINE.

Moi, plicher ognons, plicher navets, plicher carottes!

JONATHAN.

C'est un idiot.

BLUSKINE, à part.

Merci! Qu'est-ce qu'il vient faire?... je le saurai.

JONATHAN.

Laisse-moi... va-t'en!

BLUSKINE.

Moi, plicher dans cuisine, alors.

JONATHAN.

Oui.

BLUSKINE, à part.

Et moi, surveiller canaille de Jonathan...

JONATHAN.

Eh bien?

BLUSKINE.

Moi, s'en va plicher légumes... ça qu'est bon, navet!

(Il mord dans un navet, et sort par la gauche, deuxième plan.)

JONATHAN, poussant le verrou de la porte du deuxième plan.

Assurons-nous d'abord qu'on ne nous dérangera pas... (Allant ouvrir la porte de droite.) Entrez, milord.

SCÈNE VI

JONATHAN, ROWLAND.

ROWLAND.

Pourquoi m'avez-vous conduit ici?

JONATHAN.

J'aurai l'honneur de vous instruire tout à l'heure, milord.

ROWLAND.

Mais cette maison...

JONATHAN.

Cette maison est déserte; Cécily et Tamise viennent de s'éloigner... Quant à mistress Sheppard, je vous l'ai dit, elle est folle!

ROWLAND, s'asseyant à gauche.

Enfin, quels sont vos projets? Expliquez-vous... que prétendez-vous?

JONATHAN.

Vous avez refusé, milord, de vous défaire de votre neveu Tamise. J'ai, malgré moi peut-être, respecté vos scrupules; mais aujourd'hui la situation se complique, car au lieu d'un héritier, milord... vous en avez deux!

ROWLAND, à lui-même.

Étrange fatalité! le fils de Darrel en fuite, un autre ennemi se lève!... Ma sœur Aliva meurt, et voilà que la seconde fille de mon père, oubliée depuis plus de trente ans, reparaît dans ma vie, et que la rumeur de son existence arrive fortuitement jusqu'à Walpole, le ministre du roi.

JONATHAN.

Oui, cette enfant, recueillie dans l'incendie de Londres, a grandi chez de pauvres ouvriers. Elle est devenue la femme de Tom Sheppard, exécuté à Tyburn, et son fils Jack a le droit, lorsqu'il lui plaira, de venir, comme Tamise, vous demander sa part de l'héritage!

ROWLAND.

Et mon nom, mon honneur, ma fortune sont entre les mains de ce bandit?...

JONATHAN.

Entre ses mains, oui, milord.

ROWLAND, se levant.

Heureusement qu'il va mourir!...

JONATHAN.

Peut-être, milord. Jack est sous les verrous, solidement enchaîné, je le sais; mais je sais aussi qu'il a écrit à Tamise : « Tel jour... à telle heure... trouve-toi dans tel endroit... j'y serai. »

ROWLAND.

Et ce jour? et ce lieu?

JONATHAN.

Aujourd'hui... ici... dans quelques minutes... J'ignore comment il s'y prendra... mais soyez certain, milord, qu'il y sera.

ROWLAND.

Ici!... (Il fait un mouvement, et répète d'une voix plus sinistre.) Ici!...

JONATHAN.

Dois-je vous comprendre, milord?

ROWLAND.

Mais lui! lui!... ce n'est pas tout!... il y a des preuves, dis-tu, des papiers!...

JONATHAN.

Puisqu'il vient pour les remettre à Tamise, il les aura nécessairement sur lui.

ROWLAND, après un temps.

C'est vrai!

JONATHAN, après avoir remonté au fond.

Milord, j'ai pris toutes mes mesures.

ROWLAND.

Lesquelles?

JONATHAN.

Cette maison n'a que deux issues, celle-ci et celle-là.

ROWLAND.

Après?

JONATHAN, montrant la gauche.

Là, de ce côté, j'aurai des gens apostés; (montrant la droite) celle-ci, je la garderai moi-même. (Allant ouvrir la porte de droite.) Passez par là, milord, le temps presse.

ROWLAND.

Mais sa mère!...

JONATHAN.

Nous lui laisserons le temps de l'embrasser. (Voyant que Rowland hésite.) Aimez-vous mieux que Sheppard vienne vous redemander le nom et l'héritage des Montaigu?...

ROWLAND.

Jamais! (En passant.) Allons!

(Il sort par la droite.)

JONATHAN, à part et le suivant.

Je les tiendrai tous.

SCÈNE VII

BLUSKINE, puis MISTRESS SHEPPARD.

BLUSKINE, entrant par le premier plan à gauche, et allant à la porte de droite.

Ah bah! ah! ils en veulent à l'enfant! ah! ils sont sur ses traces! et ils se permettent de tirer les verrous chez le monde! (Il tire le verrou de la porte de gauche, deuxième plan.) Ah çà, mais c'est un vrai guet-apens! Si le jeune loup met une patte ici, il est pris au piége. Il faut l'empêcher de venir. Si je l'attends sur la route, leurs espions me verront. (Faisant un pas.) Je cours à la Pie borgne... Mais si je ne le trouve pas... s'il vient pendant ce temps-là... personne ici pour le prévenir... personne.

MISTRESS SHEPPARD, entrant, l'air égaré et les vêtements en désordre.

Où est-il?... s'est-il échappé?... (Croyant le voir.) Ah! le voilà!... On le poursuit! on l'entraîne!... Jack! Jack! mon fils aimé, je ne veux pas qu'on le tue!... Vous dites qu'il est coupable... cela m'est bien égal, à moi; c'est mon fils, je veux qu'il vive.

(Elle passe à droite.)

BLUSKINE.

Si elle pouvait se calmer, si elle pouvait m'entendre!... Ma bonne madame Sheppard...

MISTRESS SHEPPARD.

Sheppard! Qui a dit ce nom-là?... C'est un nom maudit... Tu demandes qui l'a prononcé... eh bien, regarde, regarde, c'est lui, l'homme rouge... l'homme de la loi et du supplice... Que vient-il faire ici?... Cache-toi, Jack, cache-toi, mais cache-toi donc... Il le cherche, il l'a vu, il s'empare de lui. (Poussant un cri.) Ah! il le tue, il l'a tué! (Elle tombe assise à gauche.)

BLUSKINE.

Mistress, mistress Sheppard... revenez à vous... Pauvre femme, va... Sapristi, que c'est désagréable, ces émotions-là!... Voyons, voyons, mistress Sheppard... Elle revient un peu à elle... Eh bien, ma bonne madame...

MISTRESS SHEPPARD, avec calme.

Ah! c'est vous, mon ami?...

BLUSKINE.

Oui... oui... c'est moi, moi votre ami Blus...

MISTRESS SHEPPARD.

Tom...

BLUSKINE.

Oui, c'est ce pauvre vieux Tom... (Se reprenant.) Qu'est-ce que je dis donc? (Haut.) Moi, qu'est Tom, moi, qu'est vieux Tom à vous... vieux Tom, savez?

MISTRESS SHEPPARD.

Que s'est-il donc passé?

BLUSKINE.

Passé?... rien di tout, di tout.

MISTRESS SHEPPARD.

Ah! je comprends, j'ai eu sans doute un de mes horribles accès...

BLUSKINE, à part.

Ah!... si ce calme pouvait durer jusqu'à mon retour... elle préviendrait son fils. (Haut.) Maîtresse, maîtresse, toi bien aimer fils à toi, pas vrai?...

MISTRESS SHEPPARD.

Si je l'aime...

BLUSKINE.

Alors... (Allant à la porte voir si l'on écoute.) Personne...

MISTRESS SHEPPARD.

Que voulez-vous me dire?

BLUSKINE.

Que gros danger menace li...

MISTRESS SHEPPARD, très-vite.

Un danger... un danger nouveau pour Jack!...

(Elle se lève.)

BLUSKINE.

Oh! vous pas emporter vous, vous calme, vous pas folie, vous tout perdre.

MISTRESS SHEPPARD.

Parlez, parlez, je serai calme...

BLUSKINE.

Eh bien, temps li bien précieux... et moi dire à vous que fils à toi; non, moi dire à toi que fils à vous... Ah! au diable la langue moricaude; il s'agit de sauver Jack : je suis Bluskine, la mère...

MISTRESS SHEPPARD, avec terreur.

Bluskine!...

BLUSKINE.

Un gueux, un gredin, mais je donnerais ma vie pour Jack; écoutez-moi donc, mistress Sheppard... Jack va venir, et un piége lui est tendu ici.

MISTRESS SHEPPARD.

Un piége!... Expliquez-moi...

BLUSKINE.

La maison sera cernée; mais je cours le prévenir. Si je ne le trouvais pas là où je vais, il faudrait...

(Il fait un mouvement vers la fenêtre.)

MISTRESS SHEPPARD, avec égarement.

Achevez!... achevez!... un piége!... un danger!... un danger pour lui!... Ah! mon Dieu... je souffre!...

BLUSKINE.

Ah! pas de bêtises; gardons notre tête, la mère...

MISTRESS SHEPPARD, avec énergie.

Soyez donc tranquille, je penserai à lui, ça me donnera de la force.

BLUSKINE.

Ah! si je savais écrire, je laisserais une lettre pour Jack!... N'importe, écoutez bien. (La conduisant à droite.) Vous voyez bien cette porte?... eh bien, il y aura des hommes derrière. (La conduisant à l'autre.) Cette porte-ci sera également gardée; comprenez-vous?

MISTRESS SHEPPARD.

Oui!

BLUSKINE.

Mais il reste cette fenêtre.

MISTRESS SHEPPARD.

Ah! cette fenêtre... oui!

BLUSKINE.

Au bas, j'aurai attaché le cheval de monsieur Wood : qu'il saute par la fenêtre, qu'il galope jusqu'à la Tamise, une barque l'attendra, et une fois sur l'autre rive, il est sauvé.

MISTRESS SHEPPARD, cherchant à se rappeler.

Un cheval, une barque, la Tamise... bien, bien! Ah! vous l'aimez aussi, vous...

BLUSKINE.

Oui.

MISTRESS SHEPPARD.

Vous le défendrez?

BLUSKINE.

Comme un chien défend son maître... (Il indique par geste les deux portes et la fenêtre.) Adieu, et souvenez-vous bien...

(Il sort par la droite.)

SCÈNE VIII

MISTRESS SHEPPARD, seule.

Oui, oui, je me souviendrai : mais d'où vient ce danger dont Jack est menacé?... il ne me l'a pas dit. Qui peut en vouloir à sa vie?... Qui?... hélas!... rappelle-toi ses méfaits, ses crimes, le châtiment que la loi lui réserve! Le châtiment! non, je ne veux pas songer à cela... je ne penserai qu'à lui... il y a si longtemps que je ne l'ai vu!... Mais il doit venir... est-ce bien vrai?...

SCÈNE IX

MISTRESS SHEPPARD, JACK.

JACK, qui s'est approché doucement pendant ces dernières paroles.

Ma mère!...

MISTRESS SHEPPARD.

Mon enfant! c'est toi?... Jack, mon fils bien-aimé, je te revois, je te retrouve!

JACK, la fixant avec joie.

Ses yeux sont calmes... elle m'a reconnu... sa raison est revenue!

MISTRESS SHEPPARD.

Ah! mon Dieu! qu'il y a longtemps que je ne t'avais vu.

(Elle l'embrasse.)

JACK.

Oh! ne m'accuse pas, ma mère, je voudrais être toujours près de toi.

MISTRESS SHEPPARD.

Oh! oui, toujours, toujours... Malheureuse, est-ce que c'est possible? Oh! j'oubliais tout! sa vie, ses crimes... et le danger... le danger qui le menace!... Jack, je devrais te repousser... je devrais te maudire; mais tu es en danger, embrasse-moi et pars.

JACK.

Que je t'embrasse! dix fois, mille fois, ma mère. (Il l'embrasse.) Quant à partir, c'est une autre affaire.

MISTRESS SHEPPARD.

Tu ne comprends donc pas?... Je te dis qu'on va venir t'arrêter... je te dis... je te dis qu'ils sont là tout près, tes ennemis, et puis... (avec égarement) et puis les hommes de justice, et ensuite lui... l'homme, l'homme de l'échafaud.

(Elle fait un mouvement d'horreur.)

JACK.

Allons... sa pauvre tête se perd de nouveau.

MISTRESS SHEPPARD.

Non, non... je ne veux pas être folle... je ne le serai pas... Il me l'a dit : il faut garder ma raison, il me l'a bien dit, le nègre, ou plutôt Bluskine...

JACK, étonné.

Bluskine!... vous savez...

MISTRESS SHEPPARD.

Je sais que c'est Bluskine; tu vois bien que je ne suis pas folle.

JACK.

Si c'est un avis qu'il me donne, le danger est sérieux, parlez vite... ou plutôt, où est-il?

MISTRESS SHEPPARD.

Où il est? parti pour te chercher, pour t'empêcher de venir... parce que... parce que des hommes...

JACK.

Quels hommes! qui donc me cherche?... où sont-ils?

MISTRESS SHEPPARD.

Des ennemis qui te poursuivent... qui veulent ta mort, ton supplice... (Avec égarement.) Le supplice, oui, comme son père... son père que j'ai vu mourir... que je vois encore... là!... là!...

JACK.

Mais regarde-moi donc!... mais parle-moi donc, ma mère!...

MISTRESS SHEPPARD, le regardant.

Ah! c'est vrai!... c'est vrai!... je veux garder ma raison... elle vient de m'abandonner, n'est-ce pas?... mais, mais je serai forte à présent. (On entend deux coups frappés dans les mains.) Un signal!

JACK.

Oui.

(Il va fermer les deux portes.)

MISTRESS SHEPPARD.

Un signal, ce sont eux... ils vont venir... et toi... toi! il faut... il faut... il faut... Ah! mon Dieu!... je ne sais plus!... Ah!... c'est la folie qui revient!

JACK.

Ma mère, ma mère... que vous a dit Bluskine?

MISTRESS SHEPPARD.

Attends... attends... je veux lutter... attends que je ressaisisse mes idées... attends que je prie... Ah! tu ne sais plus prier, toi!... c'est bon pourtant, la prière!... (s'agenouillant.) Seigneur!... Seigneur! encore un instant de force, encore une lueur de raison... que je me souvienne... mon Dieu! que je me souvienne!... (Se levant.) Il a dit : Les deux issues sont gardées... mais là sous cette fenêtre... (Ouvrant la fenêtre.) Un cheval... et ensuite... ensuite...

(On entend frapper violemment aux deux portes.)

JACK.

Après? ma mère, après?...

ROWLAND, dehors.

Enfoncez les portes!...

JACK.

Eh bien?...

MISTRESS SHEPPARD.

Ils sont là... ils sont là!...

JONATHAN, dehors.

Il y est... j'ai entendu sa voix.

JACK.

Que vous a-t-il dit encore?

MISTRESS SHEPPARD, avec force.

A cheval... à cheval... jusqu'à la Tamise, et là tu trouveras une barque!

JACK.

C'est bien... adieu, mère, adieu!...

(Il l'embrasse et saute par la fenêtre. Mistress Sheppard tombe assise sur la chaise qui est près de la fenêtre. A ce moment les portes sont enfoncées, Rowland entre à gauche suivi de quatre hommes, et Jonathan à droite.)

JONATHAN.

Poursuivez-le... (Tirant un pistolet de sa poche.) Qu'il meure!...

MISTRESS SHEPPARD, se plaçant devant la fenêtre.

Non, non, moi d'abord!

ROWLAND.

Feu! sur le bandit, le voleur!

CÉCILY, entrant vivement et se jetant dans les bras de mistress Sheppard.

Faites donc tuer deux femmes, milord, vous serez plus criminel que lui!

JONATHAN.

Je l'aperçois... il se dirige vers la Tamise... Suivez-moi donc alors, je saurai bien l'atteindre!

(Il sort par la gauche, suivi de Rowland et des autres.)

MISTRESS SHEPPARD, soutenue par Cécily, en sortant.

Suivons-le, et que Dieu le protège!

(Le théâtre change.)

Huitième Tableau

SOUS LE VIEUX PONT

Le théâtre représente le dessous d'une arche de l'ancien pont de Londres. La tempête fait refluer les vagues, et donne à la Tamise l'aspect d'une mer agitée dont les flots viennent se briser contre les piles du pont. On voit au loin paraître deux barques : l'une est montée par un seul homme, l'autre par trois personnes. Les deux barques arrivent plus grandes sous l'arche du pont. Elles disparaissent un instant, puis une seule revient en scène; dans cette barque se trouve Jack Sheppard.

JACK, ROWLAND, JONATHAN.

JACK, ramant avec peine.

Impossible d'atteindre le bord !... je n'ai plus de force pour ramer, et le courant m'entraîne... Ah! la barque va donner contre ce pont... (Elle vient en effet se briser contre l'arche.) Je suis perdu... perdu...
(Il disparaît dans les flots. La seconde barque entre en scène, portant Jonathan, sir Rowland et l'une de ses serviteurs.)

JACK, reparaît à gauche sur le terre-plein de l'arche et se cramponne aux pierres.

Dieu veut-il que j'en réchappe?... Non... impossible d'avancer... mon pied glisse à chaque pas... mes ongles se déchirent à la muraille! Ah! un anneau...
(Il s'y cramponne.)

ROWLAND.

Le voilà !...

JONATHAN.

Maintenez la barque hors du courant, je me charge d'en finir avec lui...

ROWLAND.

Comment?...

JONATHAN.

Comme ceci...
(Il tire un coup de pistolet sur Jack.)

JACK.

Jonathan Wild !...

JONATHAN.

Moi-même... et tu vas mourir...
(Il lui tire un second coup.)

JACK.

Lâche! lâche!...

JONATHAN.

Encore debout ! J'ai de quoi recharger mes armes, il faudra bien que je l'atteigne enfin...

JACK.

Misérable!... Oh ! plus d'espoir, plus d'espoir. (On entend sur le pont la voix de Bluskine qui appelle : Jack. Jack !...) Bluskine!... mais que pourra-t-il pour moi?...

JONATHAN.

Me voilà prêt. ,.

ROWLAND, lui arrêtant le bras.

Non, pas ainsi... c'est trop horrible; prenez les deux autres rames, je veux arriver jusqu'à l'arche du pont et m'emparer de lui.

JONATHAN.

Soit...
(Il prend les rames.)

JACK.

Impossible... impossible de leur échapper. (On aperçoit sur le pont Bluskine qui fait descendre une échelle de corde, il est accompagné de deux hommes. Jack apercevant l'échelle.) Ah! une échelle... Merci, Bluskine, ils peuvent venir maintenant...
(Il grimpe lestement à l'échelle; au moment où il est presque en haut, Jonathan et sir Rowland abordent sur le terre-plein.)

ROWLAND.

Personne!... ah! une échelle de corde!...
(Il monte quelques échelons.)

JACK, arrivant en haut.

Le chemin est interdit, milord.
(Il coupe l'échelle. Rowland tombe et disparaît en poussant un cri.)

JONATHAN.

L'échelle, en tombant, lui a fait perdre l'équilibre, le courant l'entraîne! malédiction!

JACK.

Lui aujourd'hui, toi demain, Jonathan Wild...
(Il disparaît avec Bluskine. Tableau. — Rideau.)

ACTE V

Neuvième Tableau

L'ÉVASION DE JACK SHEPPARD

(L'intérieur d'un cachot à Newgate. Au fond, faisant face au public, sur la gauche, une cheminée praticable; près et donnant vers la droite et se trouvant un peu élevée, une croisée avec des barreaux. A gauche, une table; dessus, tout ce qu'il faut pour écrire. Porte de chaque côté.)

SCÈNE PREMIÈRE

JACK SHEPPARD, HOGARTH.

(Ce dernier est à droite devant son chevalet, occupé à faire le portrait de Jack dont les mains sont chargées de lourdes chaînes.)

JACK, debout sur le devant, du même côté.

Savez-vous, sir William Hogarth, que c'est un bien grand honneur pour moi que vous daigniez faire mon portrait?

HOGARTH.

Votre nom est devenu célèbre, et grâce à lui, peut-être, ce portrait ira à la postérité.

JACK.

Dites plutôt, sir William, que c'est votre talent qui fera vivre mon nom; moi, un misérable aventurier, peint par l'un des peintres de Georges Iᵉʳ !

HOGARTH.

Vous croyez peut-être que c'est une simple fantaisie de ma part qui m'a conduit ici.

JACK.

Je pense que vous êtes comme tous les gentlemen et toutes les belles ladies de Londres, qui sont venus me visiter en foule, qui se pressent encore chaque jour à la porte de mon cachot, pour voir cet étrange bandit qui, après s'être évadé de toutes les prisons d'Angleterre, est venu, un beau matin, frapper à la porte de Newgate, et s'est volontairement constitué prisonnier.

HOGARTH.

Oui, cette détermination de votre part est, en effet, bien étrange; elle aurait suffi pour m'inspirer, comme à tant d'autres, le désir de vous voir; mais ce n'est pas de mon propre mouvement que je suis venu. Il s'agit... d'un... très-grand... très-illustre personnage à qui j'ai raconté certaines particularités de votre existence, que je tenais de vous, et sur l'esprit duquel ces particularités ont produit une assez vive impression. Ce personnage a désiré connaître votre physionomie, et ce portrait que je fais de vous est destiné...

JACK, s'approchant.

A Sa Majesté Georges Iᵉʳ, n'est-ce pas?...

HOGARTH.

C'est vrai.

JACK, en passant à gauche.

Eh bien, puisqu'il vous est permis, monsieur Hogarth, d'approcher Sa Majesté, et de lui parler, vous pourrez dire au roi pourquoi Jack Sheppard s'est volontairement constitué prisonnier. Je voulais mettre en mains sûres d'importants papiers.

HOGARTH.

Et ces papiers?

JACK.

Je les ai toujours. Je n'ai pu voir aucun de mes juges. Il y a si longtemps que je suis condamné! que toutes les formalités étaient remplies d'avance... (à part) excepté une, la dernière.

HOGARTH, venant à Jack.

Je vous ai promis d'amener ici un magistrat. Il y en a un d'un ordre très-élevé, qui avait témoigné quelque fantaisie de vous voir.

JACK.

Eh bien?...

HOGARTH.

Peut-être viendra-t-il aujourd'hui...

JACK.

Aujourd'hui !... Ah! je pourrai donc enfin accomplir mon serment!

SCÈNE II

LES MÊMES, LE GEOLIER, BLUSKINE, en serrurier, chargé de toutes sortes d'outils. Hogarth se remet à peindre.

LE GEÔLIER, montrant la serrure de la porte de gauche.

Par ici, par ici, voilà encore une serrure dont vous n'avez pas fait l'inspection.

BLUSKINE, tournant le dos à Jack.

Je vais examiner ça, monsieur le geôlier.

JACK, qui a repris sa place près du peintre.

C'est la visite de toutes les semaines... On pourrait s'en dispenser chez moi, je n'ai pas envie de m'évader.

BLUSKINE.

Ah! voilà!... voilà une serrure en mauvais état...

LE GEÔLIER.

Vraiment?

BLUSKINE, regardant Jack et lui faisant des signes.

En très-mauvais état... et... je vais y remédier.

JACK, à part.

Bluskine!... (Haut.) Tiens, ce n'est pas le serrurier de la semaine passée...

LE GEÔLIER, s'asseyant, et contemplant le portrait.

Il est malade.

BLUSKINE.

Il est très-malade... il m'a envoyé à sa place.

JACK.

Ah! vous êtes serrurier, vous?...

BLUSKINE.

Oui, oui, à... à votre service... et je vais arranger ceci... (Au geôlier.) Voyez-vous, monsieur, voilà une vis très-dangereuse... (Regardant Jack.) Il suffirait, comme à la grosse porte d'entrée, qu'un adroit coquin y substituât un clou tout droit, qu'on ôte et qu'on met à volonté, pour que la damnée serrure pût s'enlever au moindre effort... (A part.) En voilà un grand clou droit.

JACK, à part.

C'est pour moi qu'il parle.

LE GEÔLIER, se levant.

A propos, et les barres de la cheminée?...

BLUSKINE, regardant Jack.

Les barres de la cheminée!... diable! c'est sérieux! une cheminée qui monte jusque sur les toits! on peut s'évader par là... voyons les barres...

(Il entre dans la cheminée et se met à y travailler.)

JACK, à part.

Je crois, Dieu me pardonne, qu'il travaille à ma délivrance... (Haut.) Dites donc, monsieur le geôlier!

LE GEÔLIER.

Que voulez-vous?

JACK.

Êtes-vous bien sûr de ce serrurier-là?

LE GEÔLIER.

Si j'en suis sûr?.., (Il hausse les épaules.) Qu'est-ce que cela vous fait?

JACK.

C'est juste... ça ne me regarde pas.

BLUSKINE, reparaissant.

Voilà qui est fait... C'était encore du mauvais ouvrage... des barres qui n'avaient besoin que d'un coup de ciseau et d'une forte secousse pour être descellées.

LE GEÔLIER.

Et à présent?

BLUSKINE.

A présent, elles n'ont plus besoin de rien.

LE GEÔLIER.

Très-bien.

BLUSKINE, bas.

Imbécile!

LE GEÔLIER, se dirigeant vers la sortie.

Partons.

BLUSKINE.

Un instant donc... et les fers du prisonnier... je ne les ai pas inspectés ces petits fers-là...

(Il prend les fers et se met à les limer. Le Geôlier s'assied à gauche et allume sa pipe.)

JACK.

Il paraît que vous y mettez de la conscience...

BLUSKINE.

Beaucoup de conscience.

LE GEÔLIER.

Allons, faites...

BLUSKINE.

Je fais, monsieur, je fais... je consolide! Savez-vous que sans moi, ça ne serait pas encore bien difficile de se débarrasser de ça... avec une bonne petite lime...

(Il en glisse une dans la poche de Jack.)

JACK.

Tout ce que vous faites là, mon brave homme, est parfaitement inutile.

BLUSKINE.

Comment?

JACK.

Je n'ai pas le moindre désir de m'évader.

BLUSKINE.

Ah bah!

JACK.

Si je suis ici, c'est que je me suis moi-même rendu prisonnier.

LE GEÔLIER.

C'est vrai... aussi je suis tranquille, je ne crains pas qu'il s'évade.

BLUSKINE.

Rendu... (Bas.) Toi!... (Haut.) Vous-même!...

JACK.

Parfaitement... ainsi, croyez-moi, retirez-vous...

BLUSKINE.

Du tout... on veut rester aujourd'hui, mais on a envie de s'échapper demain... les prisonniers ont quelquefois des fantaisies... d'artistes... je connais ça, et je veux finir ma besogne...

(Il se remet à travailler.)

JACK, impatienté.

Ah! tu ne veux pas t'en aller; eh bien, attends!... (Haut.) Mais je vous dis que je me suis repenti de mes fautes passées, que je suis ici par ma volonté, et que j'ai l'intention d'y faire enfermer tous mes anciens compagnons.

BLUSKINE, laissant tomber ses outils.

Hein?...

JACK.

Tous... sans la moindre exception.

BLUSKINE, passant à gauche.

J'ai fini, allons-nous-en.

LE GEÔLIER, se levant.

Un instant, donc...

JACK.

Depuis Jonathan Wild jusqu'au vieux Bluskine.

BLUSKINE.

Allons-nous-en!... allons-nous-en!

LE GEÔLIER.

Eh bien! et vos outils?

BLUSKINE.

Je n'en ai pas besoin; allons-nous-en...

JACK.

Vous êtes bien pressé maintenant, l'ami!

BLUSKINE.

Vous trouvez, l'ami?... Eh bien! je reste, alors... (Il s'assied au milieu du théâtre sur le petit escabeau où Jack a mis un pied pour prendre une attitude.) Je veux voir le vieux Bluskine sous les verrous; on dit qu'il vous aimait, qu'il aurait donné sa vie pour vous : ça m'amusera de voir ce vieil imbécile-là livré par vous.

JACK, d'un ton sérieux.

Vous ne verrez pas cela...

BLUSKINE.

Pourquoi donc? pourquoi donc?

JACK.

On me surveille de bien près ici, eh bien! cela n'empêche pas qu'en ce moment Bluskine est informé de ma volonté... il sait que je désire qu'il parte pour le continent.

BLUSKINE.

Ah!...

JACK.

Il s'embarquera sur le premier bâtiment qui mettra à la voile.

BLUSKINE, il se lève.

Le premier? oh! non, non, il aurait tort.

JACK,

Comment?...

BLUSKINE.

Il y en a un qui met à la voile aujourd'hui, *le Rochester*, et je me suis laissé dire qu'il était acheté par ce brigand de Jonathan Wild, qui a mis à bord un équipage et un capitaine à lui.

LE GEÔLIER.

Dans quel but?

BLUSKINE.

Est-ce qu'on sait?... (Bas à Jack.) Vous comprenez que, dans cette société-là, on ferait un vilain parti à votre ami Bluskine.

JACK.

C'est possible... en ce cas il partira sans doute par une autre voie. Adieu, mon brave, adieu (Il ramasse les outils. Mouvement du Geôlier.) Et, si vous avez des enfants...

BLUSKINE.

Moi?... des... des enfants?...

JACK.

Gardez-vous de les élever comme m'a élevé Bluskine; ce n'est peut-être pas volontairement, mais c'est lui qui m'aura mis la corde au cou.

BLUSKINE, à part.

Lui! lui!... ah! ça me fait mal ce qu'il me dit là.

JACK, gaiement,

Mais je lui pardonne... Adieu... mon brave!

BLUSKINE.

Adieu... adieu!... (A part.) Je suis fâché d'être venu.

LE GEÔLIER, le poussant,

Allons, allons, bavard.

(Ils sortent.)

SCÈNE III

JACK, HOGARTH,

JACK.

Vous avez vu ce serrurier, sir Hogarth?

HOGARTH.

Oui.

JACK.

Eh bien! c'est un de mes hommes.

HOGARTH.

Un de vos hommes!

JACK.

C'est Bluskine lui-même.

HOGARTH.

Bluskine!

JACK.

Et voyez comme le service est bien fait! il a pu me dire, devant mon gardien, que la serrure de la grande porte d'entrée tomberait à ma volonté. Il a descellé les barreaux de cette cheminée, et il a fourré dans ma poche cette lime et le pistolet que voici.

HOGARTH.

C'est incroyable...

JACK.

Reprenons la séance.

(Il revient à droite.)

SCÈNE IV

LES MÊMES, SIR GEORGES.

LE GEÔLIER, à la porte.

Entrez, milord;

HOGARTH, bas.

Qu'est-ce donc?

LE GEÔLIER, bas,

Une personne qui demande sir William Hogarth.

HOGARTH.

Bien... (A Jack.) Jack! voici le lord... le magistrat que je vous ai annoncé.

JACK.

Lui!

HOGARTH.

Daignez approcher, milord.

(Entre sir Georges; derrière lui sont deux gardiens qui viennent enlever le chevalet.)

SIR GEORGES.

C'est là ce Jack Sheppard que vous m'avez dépeint sous des couleurs si vives, si étranges?

HOGARTH, bas.

Lui-même, sire... (Sir Georges fait un mouvement.) Je lui ai annoncé la visite d'un magistrat.

SIR GEORGES, s'asseyant à gauche.

Bien!... (A Jack.) Ma mission est de visiter et de secourir ceux qui souffrent. Avez-vous quelque réclamation à faire, quelque grâce à demander?

JACK.

Une seule, milord... Vous êtes, m'a-t-on dit, un des premiers magistrats de l'Angleterre...

SIR GEORGES.

On ne vous a pas trompé,

JACK,

Je suis heureux de me trouver en votre présence, milord, pour remettre en vos mains un dépôt sacré.

SIR GEORGES.

Un dépôt?

JACK.

Des papiers de famille, milord; c'est pour les sauver, c'est pour que justice fût faite à un brave et digne jeune homme, au compagnon, à l'ami de mon enfance, que je me suis livré moi-même.

SIR GEORGES.

Vous vous êtes livré?

JACK.

Oui, milord... Tamise Darrel est issu d'une noble et illustre famille. J'avais entre les mains les preuves de sa naissance, on me poursuivait pour me les arracher, pour les anéantir, et je sentais que déjà mes forces commençaient à me trahir quand j'aperçus de loin les hautes murailles de Newgate : Si j'étais là dedans, me disais-je, les bandits qui me donnent la chasse s'arrêteraient sur le seuil, et je pourrais remettre entre les mains de quelque magistrat ces précieux papiers... Et je courais toujours, non plus à l'aventure, cette fois, mais avec un but vers lequel s'élançait mon âme tout entière, vers la prison!... Comprenez-vous Jack Sheppard aspirant après la prison!... J'y arrivai enfin, épuisé, brisé de fatigue, mais l'âme toute joyeuse. Prenez-moi, enfermez-moi, garrottez-moi... m'écriai-je... je suis Jack Sheppard!... Ils me regardaient avec étonnement... ils me croyaient en délire... Mais arrêtez-moi donc, leur disais-je... Ils me saisirent enfin, et j'étais tout joyeux! Ils m'enfermèrent ici, et je bénissais les sombres murailles! Ils me mirent les fers aux pieds et aux mains, et je baisais mes précieuses chaînes. Je n'étais pas un prisonnier, milord, j'étais un homme qui sauvait son trésor, ses amis, sa famille : pour la première fois de ma vie, je me sentais sous la protection de la loi.

HOGARTH.

Mais cette protection vous coûtera...

JACK, riant,

La tête?... Ce ne sera pas trop cher, en raison de ce qu'elle vaut, ma tête, et de ce qu'elle me donnera... cette protection. (Remettant des papiers.) Prenez ces papiers, milord, et daignez vous rappeler que je les aurai payés de ma vie.

SIR GEORGES, brisant le cachet,

Que peut donc renfermer ce dépôt?

JACK.

J'ai lieu de croire, milord, car je me serais bien gardé d'en briser le cachet, que ce pli renferme les preuves de la naissance de mon ami et ses droits à une immense fortune.

SIR GEORGES.

Votre ami se nommait?...

JACK.

On le nommait Tamise Darrel, milord... mais, en réalité...

SIR GEORGES, se levant et lisant.

Henri... comte de Châtillon!... Comte de Châtillon... Vous êtes certain que ce jeune homme est bien le fils de celui qui se faisait appeler Darrel?

JACK.

Oui, milord!

SIR GEORGES, après un temps,

Henri de Châtillon! pauvre ami!... c'est donc ainsi que tu devais mourir!... (Haut à Hogarth,) et celui à qui je dois cette découverte est condamné à mort pour ses crimes!

JACK.

Ils sont nombreux, c'est vrai, mais pas autant que je l'aurais voulu.

SIR GEORGES.

Comment? que dites-vous?

JACK.

Je dis que je suis condamné pour meurtre sur la personne de sir Edouard Morton, et que sir Edouard Morton a été loyalement blessé en duel par moi, qui voulais l'empêcher d'aller, avec six autres, conspirer contre l'Angleterre.

SIR GEORGES.

Conspirer...

JACK.

Je dis encore que j'ai pris, oui, j'ai pris, j'ai volé quarante mille livres sterling à sir Rowland Montaigu... mais il allait les envoyer aux partisans jacobites qui devaient soulever l'Écosse.

SIR GEORGES.

Sir Rowland Montaigu! vous saviez tout cela!

JACK.

Je le savais, milord.

SIR GEORGES.

Continuez donc...

JACK.

Depuis, à la tête de mes compagnons de la Vieille-Monnaie, dont l'argent jacobite m'avait créé chef, c'est toujours contre ceux de ce parti qu'avaient lieu nos expéditions... J'ai dévalisé lord Dudley, jacobite; sir James Derby; jacobite, Arundel, Herbert, Sidney, tous jacobites!... Je suis coupable, c'est vrai, on me tuera et ce sera justice; mais je suis peut-être un de ceux auxquels le roi Georges doit d'être aujourd'hui paisiblement assis sur son trône.

SIR GEORGES, souriant et allant à la table, où il écrit.

Peut-être!... Ce qu'il y a de bien certain, c'est que vous avez sauvé l'héritier du meilleur ami du roi Georges; c'est que vous avez remis ces papiers en mains sûres, et que je saurai faire reconnaître les droits de Tamise Darrel.

(Il se lève. Hogarth plie la lettre.)

JACK.

Merci, milord.

SIR GEORGES.

Mais ces droits ne sont pas les seuls qu'établissent ces actes que vous me remettez là... le savez-vous?

JACK.

Non, milord.

SIR GEORGES.

Ces papiers viennent à l'appui d'une découverte étrange faite tout récemment par le grand lord justicier et qui concerne votre mère.

(Le Geôlier est entré et a parlé bas à l'oreille d'Hogarth.)

JACK.

Ma mère! une découverte?... Laquelle?

HOGARTH, au magistrat.

Milord, lady Annah Montaigu...

SIR GEORGES.

Qu'elle entre.

(Hogarth lui remet les papiers.)

SCÈNE V

Les Mêmes, MISTRESS SHEPPARD.

JACK.

Ma mère! ce nom!

SIR GEORGES, après avoir regardé Jack et sa mère, à Jack.

Jack Sheppard, voici quelques lignes que j'adresse à votre ami Darrel. Si vous ne deviez pas le revoir, vous les remettriez au pasteur qui vous visitera à votre dernière heure. (A mistress Sheppard.) Madame, la mort de sir Rowland a ouvert une succession qui intéressait la couronne d'Angleterre, et les recherches faites à ce sujet ont fait découvrir votre origine, vos droits sont reconnus : vous êtes la seconde fille retrouvée du vieux lord Montaigu, et je vous salue, milady!

(Il sort suivi d'Hogarth.)

SCÈNE VI

MISTRESS SHEPPARD, JACK SHEPPARD.

JACK.

Milady! toi, une Montaigu! toi, ma mère!

MISTRESS SHEPPARD.

Oui, et ce qui eût fait notre orgueil ne fait plus que notre honte.

JACK.

Ma mère!

MISTRESS SHEPPARD.

Je pouvais, moi, pauvre enfant perdue, moi, sans nom, sans famille, sans lien dans ce monde; moi, veuve misérable d'un malheureux tombé sous le coup de la loi, je pouvais me résigner à cette épouvantable idée de voir monter le fils sur l'échafaud du père; mais aujourd'hui, mon fils, l'infamie de ton supplice va rejaillir sur l'un des plus grands noms de l'Angleterre.

JACK.

Que voulez-vous dire, ma mère?

MISTRESS SHEPPARD.

Pauvre enfant, Dieu t'a regardé d'un œil de colère! mais sa miséricorde est grande!... Allons, ayons du courage, résignons-nous, soyons forts!

JACK.

Ma mère, ma mère! vous parlez de courage, et vous m'ôtez le mien. Je me sentais fort il y a une heure... et je suis faible et pleurant près de vous.

MISTRESS SHEPPARD.

C'est que tu puisais ta force dans ton orgueil et que ta faiblesse vient de naître du repentir. Laisse couler tes larmes, mon enfant, après nous prierons ensemble... et quand nous aurons prié, nous nous réunirons dans un embrassement suprême, et puis tu verras, nous serons forts! nous serons forts!... Oh! oui, de la force! Un instant, une minute, et tout sera dit!

JACK, qui a regardé sa mère depuis un instant.

Ma mère! tu m'apportes du poison, donne-le donc, je suis prêt!

MISTRESS SHEPPARD.

Tu es prêt, dis-tu? Mais je ne viens pas seulement te parler de sacrifice et d'honneur ; je ne viens pas seulement pour t'embrasser une dernière fois et t'exhorter à mourir... je viens mourir avec toi...

JACK.

Toi! mourir!... Je suis seul coupable, je ne veux pas que tu meures.

MISTRESS SHEPPARD.

Est-ce que je peux te survivre? J'ai détesté ta vie, tes fautes, tes crimes, mais je ne t'ai jamais maudit, mais je t'ai toujours aimé.

JACK, la faisant asseoir à droite.

Eh bien! ma mère, si tu m'aimes, tu dois vivre.

MISTRESS SHEPPARD.

Vivre!... moi!...

JACK.

Oui, toi, parce que j'ai été coupable, toi, parce que je ne suis pas seulement condamné par les hommes, mais par Dieu, et que Dieu ne peut être fléchi que par tes prières. Oui, tu iras t'agenouiller sur ma tombe et la baigner de tes larmes. La mère n'a pu sauver le fils, mais la chrétienne rachètera l'âme qui se repent. Ma mère, il faut que tu vives; jure-le-moi que tu vivras.

MISTRESS SHEPPARD.

Eh bien... eh bien, oui, pour toi, pour toi... c'est mon dernier sacrifice.

JACK, prenant le flacon des mains de sa mère.

Adieu, ma mère, adieu.

(Il le porte à ses lèvres.)

MISTRESS SHEPPARD.

Adieu... ad... (Poussant un cri.) Ah! je ne veux pas, je ne veux pas!

(Elle lui arrache le flacon et le jette à terre.)

JACK.

Que dis-tu?

MISTRESS SHEPPARD.

Non, je n'ai plus de courage si tu dois mourir seul. Je ne veux pas, je ne veux pas!

JACK.

Ma mère...

MISTRESS SHEPPARD.

Tant qu'il reste une heure, une minute, Dieu peut te sauver. Je ne veux pas!

JACK.

Quoi! si je pouvais fuir, tu me permettrais donc de vivre!

MISTRESS SHEPPARD.

Ensemble, loin de l'Angleterre! dans les larmes et le repentir!... Ah! si cela se pouvait...

SCÈNE VII

LES MÊMES, WOOD, entrant.

WOOD.

Mistress Sheppard...

JACK.

Que venez-vous faire ici, monsieur Wood?

WOOD.

Je viens en qualité de constable recevoir les dernières déclarations du prisonnier, s'il désire en faire.

JACK.

Non.

WOOD.

Et, dans ce cas, entendre et recevoir toutes révélations, dresser tous procès-verbaux, rédiger, avec monsieur l'attorney, tels actes qu'il appartiendra... (D'un ton naturel et ému.) Eh bien, mon pauvre garçon, il n'y a donc plus d'espoir?

MISTRESS SHEPPARD.

Non, plus d'espoir, plus d'espoir...

WOOD.

Bonjour, ma bonne madame Sheppard. J'ai voulu lui faire mes adieux, lui apporter ceux de Tamise, c'est pour ça que j'ai accepté la mission que je remplis.

JACK.

Les adieux de Tamise? Je ne le verrai donc pas, lui?

WOOD.

Non, mon garçon; trop de dangers le menacent à Londres. Nous lui avons caché ton incarcération, ta condamnation, et sur un avis secret que nous avons reçu, Cécily, à force de prières et de larmes, a obtenu de lui qu'il consente à retourner pour quelque temps en France, et il part ce soir.

JACK.

Ce soir...

WOOD.

A bord du bâtiment *le Rochester*.

JACK, avec force.

Le... *le Rochester*, avez-vous dit! et c'est un billet anonyme qui vous a dit que de nouveaux dangers menaçaient Tamise?...

WOOD.

Oui.

JACK.

Qui vous a conseillé de le faire partir sur *le Rochester?*

WOOD.

Oui.

JACK.

Monsieur Wood, il faut courir auprès de Tamise, l'empêcher de partir par ce bâtiment.

WOOD.

Comment!... Que veux-tu dire? Parle, parle donc.

JACK.

Je veux dire que si Tamise met le pied sur *le Rochester*, il est perdu.

WOOD.

Perdu!..

JACK.

L'équipage appartient à Jonathan Wild.

WOOD.

Mais quel intérêt a-t-il à se défaire de Tamise, puisque sir Rowland n'existe plus?

JACK.

Je ne sais pas pourquoi, mais il veut le tuer. Partez vite, monsieur Wood.

WOOD.

Partez, partez... je ne peux pas... je suis ici pour y accomplir les fonctions prescrites par la loi. On ne me laissera pas sortir.

JACK.

C'est juste. Eh bien! j'y vais moi-même.

WOOD.

Toi! mais tu es insensé!

JACK.

Je me suis évadé vingt fois pour mon compte et pour mal faire, je m'évaderai bien une fois de plus pour une bonne action. Allons, allons, à l'ouvrage. (Il pose son pied sur la chaise qui est à droite et commence à se dégager de ses fers.)

WOOD.

Un instant... veux-tu bien finir, malheureux?

JACK.

Plaît-il?

WOOD.

Je vais être forcé de t'arrêter...

JACK.

Et vous me conduirez en prison?...

MISTRESS SHEPPARD.

Monsieur Wood, au nom du ciel...

WOOD.

Mais je suis constable, je ne peux pas voir ça...

JACK.

Alors, retournez-vous, et fermez les yeux... ou plutôt allez verbaliser chez monsieur l'attorney.

WOOD.

Oui, oui, j'y vais, j'y vais... mais je ne sais rien de ton évasion; je n'en veux rien savoir, entends-tu? Dis donc, en passant, tu iras rassurer ma fille, n'est-ce pas?

JACK.

C'est convenu, j'irai.

WOOD.

Dis-lui que je suis ici pour... Qu'est-ce que je dis donc là? Je ne sais rien, absolument rien, je suis constable; je vais remplir mon devoir. (Il frappe à la porte, le Geôlier ouvre, et le fait sortir.)

SCÈNE VIII

MISTRESS SHEPPARD, JACK.

MISTRESS SHEPPARD, hors d'elle.

Quoi! tu pouvais t'évader, et tu ne me le disais pas?

JACK.

Tiens! regarde bien, mère, mes chaînes sont limées, m'en voilà débarrassé.

MISTRESS SHEPPARD.

C'est vrai, c'est vrai, plus de chaînes.

JACK, montrant ses mains, en passant à gauche.

Quant à celles-ci, il n'y a pas à s'en inquiéter... Tu m'as fait des mains d'enfant. (Indiquant la droite.) Maintenant, là, dans le petit cachot qui me sert de chambre à coucher, ma couverture... vite...

MISTRESS SHEPPARD.

La... la couverture, oui, oui, dans ce petit cachot, n'est-ce pas? Ah! mon Dieu, mon Dieu, il va se sauver... il va se sauver. (Elle va pour entrer dans le cachot, revient sur ses pas; prend dans ses deux mains la tête de Jack et l'embrasse.) Ça me donnera de la force, vois-tu.

(Elle sort.)

JACK.

Décidément, Bluskine a bien fait de ne pas m'écouter.

MISTRESS SHEPPARD, revenant.

Voilà la couverture.

JACK.

Bien... il faut m'aider à la couper.

MISTRESS SHEPPARD.

La couper? avec quoi? mais, mon Dieu, avec quoi?

JACK.

Eh bien, et mon couteau?

MISTRESS SHEPPARD.

Tu as un couteau?

JACK.

Est-ce qu'on n'a pas tout en prison?... (Ils coupent la couverture.) Encore une fois, ma mère...

MISTRESS SHEPPARD.

Encore... oui, oui...

(Ils la coupent de nouveau.)

JACK.

Ça ne sera pas assez long; une fois de plus, et ce sera l'affaire.

(La couverture se trouve coupée en quatre longueurs.)

MISTRESS SHEPPARD.

Il faut donc que ce soit bien long?...

JACK.

Je crois bien! pour descendre du haut des toits...

MISTRESS SHEPPARD.

Du haut des toits!

JACK, mettant le pied sur un bout de la couverture et la tirant à lui.

Est-ce encore solide?... hein! hein! pas trop...

MISTRESS SHEPPARD, avec effroi.

Si elle allait se rompre!...

JACK.

Il n'y a pas de danger... Est-ce qu'il ne faut pas que je vive pour lui et pour toi? car tu m'as dit que je pouvais vivre, n'est-ce pas?...

(Pendant ces dernières paroles ils ont assemblé les longueurs par des nœuds.)

MISTRESS SHEPPARD.

Et pour arriver là-haut?...

JACK.

Par la cheminée... les barreaux sont descellés. Une fois sur la plate-forme, j'attache ma couverture, et je descends... Tiens, là, le long de cette fenêtre, (il montre la fenêtre grillée) tu me verras descendre... je t'enverrai mon dernier baiser... Maintenant, (prenant la couverture) donne-moi tout ça, mère... Adieu, et bon courage!

(Il l'embrasse et se dirige vers la cheminée.)

JONATHAN, en dehors.

Je veux voir le prisonnier Jack Sheppard. Voici l'ordre.

MADAME SHEPPARD.

Cette voix...

JACK.

Jonathan!... Gagne un quart d'heure, mère... dis que je suis là (il montre le petit cachot) et que je dors... Adieu!

(Il disparaît dans la cheminée.)

SCÈNE IX

MISTRESS SHEPPARD, JONATHAN.

JONATHAN.

Mistress Sheppard!... vous ici?... tant mieux... ce que j'ai à dire à votre fils, je suis bien aise que vous l'entendiez... et puis, j'ai un marché à vous proposer...

MISTRESS SHEPPARD.

Un marché?...

JONATHAN.

Oui, mais d'abord... où donc est Jack?

MISTRESS SHEPPARD.

Là, dans l'autre cachot.

JONATHAN.

Alors, je vais...

MISTRESS SHEPPARD, l'arrêtant.

Non, n'entrez pas... il dort.

JONATHAN, étonné.

Il dort un jour comme celui-ci?...

MISTRESS SHEPPARD.

Vous savez bien qu'il est brave, mon Jack!

JONATHAN.

Oui, mais il n'y a pas de temps à perdre...

(Il va vers le cachot.)

MISTRESS SHEPPARD.

Un instant... et ce marché que vous avez à me proposer?

JONATHAN.

Oh! vous allez le refuser...

MISTRESS SHEPPARD.

Aujourd'hui, j'accepterais tout.

JONATHAN.

Même de devenir ma femme?...

MISTRESS SHEPPARD.

Votre... votre femme!... Ah! oui, parce que je suis noble... parce que je suis riche... Je refuse.

JONATHAN.

Alors, je m'installe auprès de Jack, et il sera bien habile s'il parvient à s'évader...

(Il va vers la chambre.)

MISTRESS SHEPPARD, avec force et se plaçant devant lui.

Arrêtez!...

JONATHAN.

Comme vous êtes pâle! comme vous êtes tremblante, mistress!... Il se passe quelque chose d'étrange... je veux entrer là...

MISTRESS SHEPPARD.

Non, vous n'entrerez pas... je vous dis que mon enfant sommeille... je vous dis... (changeant de ton) je vous dis que je ne veux pas que vous entriez près de lui.

JONATHAN.

Et moi, je n'écoute rien... Allons, arrière, arrière!

(Il lui saisit le bras; dans ce moment, on voit Jack qui se laisse glisser du haut de la prison et qui arrive à la hauteur de la fenêtre.)

MISTRESS SHEPPARD.

Attendez un instant, un seul, et je vous dirai...

JONATHAN.

Je ne veux rien entendre.

(Il lui serre les deux bras et la fait tomber à genoux.)

MISTRESS SHEPPARD, poussant un cri.

Ah!

JACK, d'une voix sourde.

Misérable!

(Il saisit le pistolet que lui a donné Bluskine et, à travers les barreaux, couche Jonathan en joue.)

MISTRESS SHEPPARD.

J'accepte!

JONATHAN.

Vous acceptez?... Alors, signez cet acte qui vous engage à moi... et je réponds de tout.

MISTRESS SHEPPARD, pendant qu'il passe à la table apprêter l'acte, à Jack.

Je t'ai dit de vivre.

JONATHAN, se retournant.

Eh bien?

MISTRESS SHEPPARD, à Jonathan qui lui présente la plume.

Donnez.

(Elle va à la table.)

JONATHAN.

A merveille! (A part.) Que Jack Sheppard vive ou meure, peu m'importe... il est condamné, et les condamnés n'héritent pas... Eh bien?...

MISTRESS SHEPPARD.

Oui, oui, je... je... (On entend un coup de sifflet.) Libre! il est libre!

(Elle se lève.)

JONATHAN.

Qu'y a-t-il?

MISTRESS SHEPPARD.

Il y a que je ne veux pas souiller, que je ne veux pas déshonorer le sang dont je suis née.

JONATHAN.

Vous osez...

MISTRESS SHEPPARD.

Moi, votre femme!... (Avec force.) Ah! ah! vous l'avez pu croire...

JONATHAN.

Malheureuse!

MISTRESS SHEPPARD.

Ah! vous pouvez me tuer!

JONATHAN.

Ton fils payera pour toi.

MISTRESS SHEPPARD.

Mon fils?

JONATHAN.

Oui.

MISTRESS SHEPPARD.

Regarde.

JONATHAN, regardant à l'entrée du second cachot.

Où est-il? où est-il?...

MISTRESS SHEPPARD.

Il est parti!...

JONATHAN.

Parti!!!...

MISTRESS SHEPPARD.

Oui! mon amour a été plus fort que ta haine!!!

JONATHAN, allant à gauche appeler les Geôliers.

Venez, venez! Jacques Sheppard est évadé!

LE GEÔLIER, suivi de deux Gardiens.

Évadé!

JONATHAN.

Mais je le retrouverai... je le ramènerai ici... (à mistress Sheppard) et soyez sûre qu'il n'en sortira que pour aller mourir!

(Il sort suivi des Geôliers. Mistress Sheppard tombe à genoux. Tableau. Rideau.)

Dixième Tableau

LES BROUILLARDS DE LONDRES

Le théâtre représente une place assez vaste au bord de la Tamise. Au fond, une vue de Londres. Au lever du rideau, un brouillard épais est répandu sur toute la ville.

SCÈNE PREMIÈRE

JACK, JONATHAN, LE GEÔLIER, DEUX GARDIENS.

(Jack entre par le fond, poursuivi par Jonathan. Ils se glissent dans le brouillard et disparaissent au premier plan, à droite. Puis, un instant après, Jonathan reparaît au second plan, du même côté, et le Geôlier et les deux Gardiens paraissent au premier plan, à gauche.)

JONATHAN, appelant.

Ohé!...

LE GEÔLIER, sur le devant.

Par ici!

JONATHAN.

C'était de ce côté...

LE GEÔLIER.

Oui, nous l'avions aperçu.

JONATHAN.

Mais le brouillard est si épais qu'à peine on se reconnaît à quelques pas.

LE GEÔLIER, qui s'est arrêté.

C'est vrai.

JONATHAN.

Je suis certain qu'il est près d'ici... Dispersons-nous et faisons cerner le quartier...

(Ils disparaissent au fond par différents côtés.)

SCÈNE II

BLUSKINE, puis JACK, ensuite JONATHAN.

JACK, revenant en scène par le premier plan, à droite.

Ils s'éloignent!...

BLUSKINE, paraissant à gauche, et appelant mystérieusement.

Ohé! hup!

JACK.

Bluskine!

BLUSKINE.

C'est lui!... (Ils se rejoignent.)

JACK.

Tu as prévenu Tamise?

BLUSKINE.

Oui, tout est convenu... il ne part plus, et il t'attend chez ta mère.

JACK.

Bien!...

BLUSKINE, regardant à gauche.

Chut!... on vient par ici.

JACK.

Ce sont eux... ils reviennent... embrasse-moi et séparons-nous... C'est peut-être mon dernier adieu.

BLUSKINE.

Les voilà... une idée!... couche-toi... à terre. (Le faisant agenouiller.) Vite à terre!... maintenant, éloigne-toi en rampant.

JACK.

Mais...

BLUSKINE.

Mais va donc, malheureux!...

JONATHAN, qui vient d'entrer par le fond.

Un homme là... ce doit être lui...

BLUSKINE.

Je vais lui faire perdre la trace... Chez ta mère, entends-tu, chez ta mère. (Jack disparaît. Bluskine feint de vouloir s'échapper en longeant les maisons et arrive au fond. Jonathan le suit un pistolet à la main. A part.) Il a pris le change... il a perdu la piste.

JONATHAN.

Cette fois, je veux en finir, Jack... (Il tire. Bluskine jette un cri et tombe. Jonathan s'élance vers lui. Au même instant Jack rentre.)

JACK.

Ce cri, c'est la voix de Bluskine. (Il approche de lui.) Mort!...

JONATHAN.

Jack!

JACK.

Misérable!...

(Une lutte s'engage entre eux. Ils se séparent un instant. Bluskine se soulève et tend un couteau à Jack.)

BLUSKINE.

Un couteau!... tiens, prends!

JACK.

Merci, Bluskine... (La lutte s'engage de nouveau dans le brouillard; Jack frappe Jonathan et l'étend mort. Bluskine se soulève et vient, soutenu par Jack, retomber sur le devant, à droite. Jack, agenouillé près de Bluskine.) Bluskine, mon ami... c'est pour moi que tu meurs!

BLUSKINE.

Bah! je t'aurai peut-être sauvé!... je n'étais plus bon qu'à ça... Adieu! adieu!...

(Il retombe.)

JACK.

Bluskine!... Mort!... il est mort!

(Pendant ces dernières paroles, le brouillard s'est complétement dissipé. Un soleil éclatant éclaire toute la ville. Depuis un instant, le Geôlier et les Gardiens, un Officier de justice, suivis de beaucoup de monde, sont entrés et sont restés au fond avec des soldats; ils forment des groupes; d'autres vont et viennent. Tableau animé.)

SCÈNE III

LES MÊMES, MISTRESS SHEPPARD, puis TAMISE, WOOD.

QUELQUES VOIX.

Le voilà! le voilà!...

L'OFFICIER.

Qu'on s'empare de lui!

MISTRESS SHEPPARD, fendant les rangs pressés de la foule.

Mon enfant!... Vous me tuerez avec lui!

L'OFFICIER.

Qu'on l'emmène!

MISTRESS SHEPPARD.

Venez donc l'arracher de mes bras!

(Paraissent Tamise et Wood.)

JACK.

Ma mère!... voici Tamise!...

TAMISE.

Jack... mon ami!... (A la foule, qui fait un mouvement vers Jack.) Il m'a sauvé la vie!

JACK, montrant une lettre et la donnant à Tamise.

Et voici ta fortune, ton nom, ta famille... Adieu, Tamise, j'ai accompli mon serment! Adieu, ma mère!...

MISTRESS SHEPPARD.

Mon enfant!...

L'OFFICIER, aux soldats.

Allons!

(On l'entraîne aux cris de sa mère.)

TAMISE, qui a parcouru la lettre.

Arrêtez!... arrêtez!... Il est libre!...

MISTRESS SHEPPARD.

Libre!...

TAMISE, très-ému.

Oui, le lord... ce magistrat qui l'a visité dans sa prison... c'était... Tenez!... voici la lettre...

MISTRESS SHEPPARD.

Donnez... donnez!...

WOOD, allant la prendre des mains de Tamise.

Permettez, madame, permettez, je suis constable, c'est moi qui dois la lire.

TOUS.

Lisez!... lisez!...

WOOD, lisant.

« Grâce pleine et entière est accordée à Jack Sheppard, à
» la condition qu'il partira immédiatement pour les Indes...
» C'est la première marque de notre protection, qu'en sou-
» venir de son père, notre fidèle ami, le comte de Châtillon,
» nous accordons à Tamise Darrel.
                    » Signé : GEORGES Ier,
                        » Roi d'Angleterre. »

MISTRESS SHEPPARD.

Oh! Dieu bon!... Dieu clément!... vous me le rendez enfin!...

JACK.

Oui, mère, partons!... Là-bas, je pourrai mourir en soldat, et comme un digne enfant de la vieille Angleterre!

TOUS.

Vive Georges!... Vive l'Angleterre!...

FIN

LAGNY. — Typographie de A. VARIGAULT et Cie